FREMDSPRACHENTEXTE

Philippe Delerm

C'est bien

Herausgegeben von
ti

Philipp Reclam jun. Stuttgart

Diese Ausgabe darf nur in der Bundesrepublik Deutschland, in Österreich und in der Schweiz vertrieben werden.

RECLAMS UNIVERSAL-BIBLIOTHEK Nr. 19722

300 rue Léon Joulin, 31101 Toulouse cedex 9 – France
www.editionsmilan.com
Umschlagfoto: Roswitha und Meret Guizetti
Gesamtherstellung: Reclam, Ditzingen. Printed in Germany 2007

ISBN 978-3-15-019722-6

www.reclam.de

C'est bien, juste avant la rentrée des classes

On n'a plus vraiment envie d'être en vacances, on n'a plus vraiment envie de soleil, de mer ou de montagne. On n'a plus vraiment envie d'être loin de sa vie. Huit jours avant la rentrée, c'est bien de retrouver le papier à fleurs de sa chambre, et cette petite tache juste à côté du poster de Snoopy. Avant de partir, on avait rangé beaucoup mieux que d'habitude: les albums de Tintin, de Boule et Bill et de Gaston paraissent tout neufs, et puis ça fait longtemps qu'on ne les a pas lus. On reprend *L'Étoile mystérieuse*, et c'est très bien cette

2 **la rentrée des classes:** Schulanfang (nach den Sommerferien; *la rentrée:* Rückkehr).
7 **le papier:** hier: Tapete.
10 **d'habitude** (loc. adv.): gewöhnlich, sonst (*une habitude:* Gewohnheit).
Tintin: Comicgestalt und -serie von Hergé, deutscher Titel: *Tim und Struppi.*
10f. **Boule et Bill:** sehr beliebter Familiencomic von Jean Roba, schildert das Leben des kleinen Jungen Boule mit seinen Eltern und seinem Cocker Bill.
11 **Gaston:** Comicgestalt und -serie von André Franquin.
13 **«L'Étoile mystérieuse»:** *Der geheimnisvolle Stern*, eine Tim-und-Struppi-Geschichte.

atmosphère un peu étrange au début, avec la chaleur anormale qui règne dans la ville. Milou reste les pattes collées dans l'asphalte avant que Tintin ne vienne le délivrer. Dehors il pleut, on entend de grosses gouttes qui s'écrasent contre les vitres. On est allongé sur son lit avec l'album de Tintin, et on n'a même pas tellement envie d'avancer dans l'histoire – seulement de rester comme ça, avec l'ambiance très forte du début. Près de soi, on a son ours qui regarde fixement l'armoire. Bien sûr, on est trop grand pour le prendre partout en vacances, mais on voit bien: cela lui fait plaisir qu'on soit rentré, et son silence est très doux.

Tout à l'heure, on ira faire des courses de rentrée. C'est un peu comme l'album de Tintin: tout revient vers d'autres couleurs, le blanc, le marron, le jaune pâle. Maman a dit:

2 **Milou:** Struppis Name im Original.
3 **la patte:** Pfote.
3 f. **avant que … (ne)** (+ subj.): ehe, bevor.
5 **s'écraser:** zerplatzen.
6 **allongé, e:** ausgestreckt, liegend.
10 **un ours:** Bär.
regarde fixement qc: etwas unverwandt anschauen.
16 f. **tout revient vers d'autres couleurs:** etwa: alles erscheint in neuem Licht.
18 **pâle:** blass.

– Ne compte pas sur moi pour t'acheter tous ces gadgets hors de prix qu'on fait maintenant!

Mais ce n'est pas tellement les gadgets et les mots publicitaires sur les trousses ou les cahiers de textes qui font envie. Non, ce qui est bien, c'est le bleu léger des lignes sur les cahiers où l'on n'a rien écrit encore, c'est l'odeur de la colle d'amande et les tubes de peinture neufs, toujours blancs avec une petite bande de couleur au milieu, comme un maillot de coureur cycliste. On a du mal à dévisser le capuchon noir la première fois, pour regarder si la couleur est vraiment celle de la bande. Rose tyrien, terre de Sienne, bleu cobalt.

On verra peut-être une copine ou un copain rentrés de vacances, eux aussi. Aujourd'hui ce se-

2 **le gadget:** (technische) Spielerei, Schnickschnack.
hors de prix (loc. adj.): unerschwinglich, haarsträubend teuer.
4 **la trousse:** Beutel; hier: Federmäppchen.
5 **faire envie:** verlocken.
7 **la colle d'amande:** weißer Klebstoff, der mit Wasser verrührt wird und nach Mandeln *(une amande)* riecht.
9 **la bande:** hier: Streifen, Band.
10 **le maillot:** Trikot.
le coureur cycliste: Radrennfahrer.
dévisser: ab-, aufschrauben.
11 **le capuchon:** Kapuze; hier: Verschlusskappe.
12f. **le rose tyrien:** dunkles Rosa (*tyrien, ne:* tyrisch, aus der Stadt Tyros im Libanon stammend).
13 **la terre de Sienne:** Siennabraun; rötliches Braun.
le bleu cobalt: Kobaltblau; dunkles, aber leuchtendes Blau.

rait bien, parce qu'on est encore un peu bronzé. Pour la première fois depuis longtemps, on a mis un pull qui gratte sur les avant-bras – dessous, on a encore un tee-shirt. Mais c'est bon de mettre le pull de laine vert foncé quand on est loin encore de la fin de l'été – qu'on est si près déjà de la rentrée.

1 **bronzé, e:** gebräunt (Haut).
3 **gratter:** kratzen.
un avant-bras: Unterarm.
5 **foncé, e:** dunkel (Farbe).

C’est bien d’aller dans un fast-food

Les parents n’aiment pas trop ça. Ils disent que la nourriture n’est pas bonne, mais on sent bien que ce n’est pas cela qui les ennuie le plus. Non, ce qu’ils n’aiment pas, c’est les couleurs, le style, la vie américaine. On n’insiste pas trop – c’est très bon de sentir que les parents détestent cet endroit: du coup, on a beaucoup plus envie d’y aller soi-même. Et puis un jour, en sortant du cinéma, il est déjà tard pour aller dans un vrai restaurant, il n’y a rien à manger à la maison, et voilà, les parents sont d’accord pour le fast-food – on n’aurait jamais pensé qu’ils se laisseraient faire aussi facilement.

Au fast-food, tout est bien, et même déjà cette façon de faire la queue en plusieurs rangs. On a tout le temps de choisir sur les panneaux entre les différents hamburgers et de lire les noms de ces

1 **le fast-food:** Schnellrestaurant.
4 **ennuyer:** hier: ärgern, stören.
8 **du coup** (loc. adv.): deshalb, aus diesem Grund.
13 **se laisser faire** (fam.): sich überreden lassen, sich ‚rumkriegen‘ lassen.
15 **faire la queue:** Schlange stehen.
le rang: Reihe.

desserts mirobolants: *strawberry sundae, lemon sundae.* Au bout de chaque file, il y a une serveuse avec un képi en papier, vraiment comme dans certains films américains – s'il n'y avait pas les couleurs chaudes et gaies, on pourrait se croire dans une histoire policière. Tout est orangé, rouge, jaune brillant – difficile de croire que dans la rue c'est l'hiver et la nuit.

Ce qui est très difficile, au fast-food, c'est de choisir vite entre grand Coca, Coca normal, grande portion de frites, petite portion. On n'avait pas fait attention à toutes ces différences, et c'est quand on se trouve juste devant la serveuse qu'il faut se décider. Enfin voilà, on a son plateau avec le hamburger curieusement emballé dans une sorte de coque en plastique. Mais le mieux, c'est peut-être les frites. Elles sont disposées dans un étui en car-

1 **mirobolant, e** (fam.): toll, super, umwerfend.
2 **la file:** Schlange, Reihe.
3 **le képi:** Schirmmütze; hier: Kopfbedeckung in Form eines Schiffchens.
6 **une histoire policière:** Krimi, Kriminalgeschichte.
orangé, e: in Orange getaucht.
7 **brillant, e:** leuchtend.
14 **le plateau:** Tablett.
15 **curieusement:** hier: seltsam, merkwürdig.
emballer: einpacken.
16 **la coque:** Schale (Muschel, Nuss).
17 **disposé, e:** angeordnet; hier: hineingefüllt.
17f. **un étui en carton** (m.): Pappbehälter.

ton qui ressemble à une boîte de cigarettes, et elles n'ont plus du tout l'air de frites habituelles. Pour le Coca, c'est pareil. On a bien fait de prendre grand Coca. Le pot de carton rouge et blanc est protégé par un couvercle. Avec une paille coudée, on perce le couvercle au centre – il y a une petite croix au bon endroit.

Quand on remue le pot, on entend des glaçons qui s'entrechoquent. C'est comme un trésor de Coca mystérieux et glacial si on attend pour le boire. On se trouve une petite table libre sous une lampe qui descend très bas. On mange, on boit, ça passe un peu trop vite, mais on garde ces deux merveilles dans la tête: un Coca invisible et sa banquise de glaçons, un étui de frites à cigarettes.

2 **avoir l'air de:** so aussehen wie.
habituel, le: gewöhnlich.
4 **le pot:** hier: Becher.
5 **le couvercle:** Deckel.
la paille: Stroh; hier: Strohhalm.
coudé, e: gebogen, geknickt.
percer: durchstechen, durchbohren.
8 **remuer qc:** etwas bewegen.
le glaçon: Eiswürfel.
9 **s'entrechoquer:** aneinanderstoßen.
le trésor: Schatz.
10 **glacial, e:** eisig.
12 **descendre:** hier: herabhängen.
14 **la merveille:** Wunder.
14f. **la banquise:** Packeis.

C'est bien, quand on vient d'annoncer une mauvaise note

On avait tellement attendu avant d'en parler qu'on pensait ne plus pouvoir se décider. Il fallait au moins avoir un bon résultat à donner en même temps, mais justement on n'avait eu que 10 à l'interro de vocabulaire qu'on croyait réussie, alors ce 3 en maths restait tout seul, en travers de la gorge.

Toute la vie en était changée. D'un côté, cela faisait vivre les choses plus fort. On se disait: «Je vais profiter à fond de mon mercredi chez Sébastien. Et le soir, au repas, je dirai ma note.»

Mais l'après-midi chez Sébastien n'avait pas été extraordinaire: il pleuvait, on avait dû faire un Tri-

6 **10:** im französischen Benotungssystem sind 0 Punkte die schlechteste, 20 Punkte die beste Note.

7 **une interro:** Abk. von *une interrogation écrite:* Test, schriftliches Abfragen in der Schule.

8 **les maths** (fam.): Mathe.

8 f. **rester en travers de la gorge:** im Hals stecken bleiben (*en travers*, loc. prép.: quer).

12 **à fond** (loc. adv.): von Grund auf, gründlich.

mercredi: Der Mittwochnachmittag ist an französischen Schulen unterrichtsfrei.

vial Pursuit au lieu de jouer dans le jardin. Le soir, on n'aurait pas pu parler des maths, de toute façon des amis étaient restés pour le dîner.

Au début, ce n'était pas trop grave, un problème raté, ça arrive, mais les jours passaient, et le 3 se promenait sur toutes les idées, tous les moments:

«Mon dernier cours de piano avant d'annoncer mon 3.»

«Mon dernier poulet rôti-frites avant d'annoncer mon 3.»

Bien sûr, on se répète les phrases des parents, *faute avouée est à moitié pardonnée, il ne faut rien cacher à ceux qu'on aime*, etc. Mais ça, ce sont des mots, et plus on les répète dans sa tête, plus ils paraissent froids et vides, inutiles.

Si seulement les parents pouvaient se contenter de vous punir, dans ces cas-là. Mais on sait bien. Ils disent:

– Au prochain contrôle en dessous de 5, tu seras privé de télé le mardi soir!

S'ils tenaient le contrat, ce ne serait pas terrible.

1 **au lieu de** (loc. prép.): anstatt.
4 **le problème:** hier: Aufgabe (bes. Mathematik).
12 **avouer:** gestehen, zugeben.
16 f. **se contenter de qc:** sich mit etwas begnügen, mit etwas zufrieden sein.
19 f. **être privé, e de qc:** um etwas gebracht werden; etwas nicht bekommen.

On serait embêté, sans plus. Ça serait comme un marché; on aurait même l'air d'être la victime. Mais les parents ne tiennent pas souvent parole. Ils oublient de vous punir, et vous, vous restez là, avec tout le remords. Ils ont de la peine, et vous, vous n'êtes qu'un enfant gâté qui ne sera même pas privé de télé. En fait, le mieux, c'est quand ils vous disent:

– Je veux que ce soit la dernière fois, c'est entendu?

On fait très vite «oui, oui», la tête rentrée dans les épaules. On a l'air lourd, immobile, mais à l'intérieur on se sent tout léger. Au lieu de vivre des derniers moments, on va vivre, tout simplement. On va s'endormir sans problème, avec un album de BD et il n'y aura plus tous ces 3 en maths qui rentraient dans le bureau de Gaston, chaque fois que Fantasio se mettait en colère. C'est bien, quand on vient d'annoncer une mauvaise note.

1 **sans plus** (loc. adv.): das ist aber auch alles.
2 **le marché:** hier: Handel, Geschäft.
avoir l'air de: so aussehen wie, erscheinen wie.
5 **le remords:** Schuldgefühl, Gewissensbiss.
6 **gâté, e:** verwöhnt, verzogen.
10 **rentré e:** hier: eingezogen, zurückgezogen.
12 **au lieu de** (loc. prép.): anstatt.
15 **la BD:** Abk. von *la bande dessinée:* Comic-Strip.
16 **Gaston:** Comicgestalt und -serie von André Franquin. Gaston ist Redaktionsgehilfe, Fantasio (aus *Spirou und Fantasio*) Redakteur in dem (real existierenden) Verlag, der die Comicserie herausgibt.

C'est bien d'acheter des bonbons chez la boulangère

On est dans la queue, et on se sent tout petit entre les clients qui demandent:

– Une baguette moulée bien cuite!

– Un pain de campagne et une ficelle!

Dans sa tête, on prépare déjà des phrases, pour ne pas être ridicule quand la vendeuse demandera:

– Et pour toi?

De loin, on aperçoit les bocaux magiques, les rouleaux de réglisse avec une pastille en sucre

3 **la queue:** Schwanz; hier: (Warte-)Schlange.
5 **la baguette moulée:** in einer Form *(le moule)* gebackene Baguette (*mouler:* formen).
bien cuit, e: gut durch(gebacken, -gebraten), knusprig, kross.
6 **la ficelle:** Faden; hier: dünnes Weißbrot.
10 **apercevoir:** erblicken, erkennen.
le bocal: Glasbehälter; hier: Bonbonglas. Alle im Folgenden genannten Süßigkeiten sind auf dem Umschlag abgebildet. Sie werden wie bei uns einzeln verkauft, in Bäckereien, Tankstellen und Kiosken. Allerdings liegen sie heute eher in Plastikbehältern und kosten auch deutlich mehr!
11 **le rouleau:** Rolle; hier: ‚Schnecke'.
la réglisse: Lakritze.
la pastille: Pastille, rundes Bonbon.
11 f. **en sucre glacé:** aus glasiertem Zucker, aus Zuckerguss.

glacé blanc ou rose au milieu, les roudoudous à la petite coquille qu'on imagine déjà, un peu rêche sur les lèvres, les fraises de guimauve aplaties et les chewing-gums gagnants.

Doucement on avance, et puis voilà, «C'est à toi», dit la boulangère sans sourire. On sait que ça l'énerve un peu de vendre des bonbons. On sait que ça énerve aussi tous les gens qui attendent. Mais quand même, c'est juste ces secondes-là qui sont bien, quand on n'a pas encore dit:

– Un comme ça, et un autre comme ça, et un comme ça, à vingt centimes.

C'est juste avant qu'on parle, juste ces quelques secondes où l'on regarde tout à la fois, et les couleurs vous sautent aux yeux; c'est comme si on possédait tous les bocaux, avec juste un franc dans la main.

On se décide toujours trop vite, mais on sent bien que, derrière, ils trouvent déjà que c'est très long. Alors on demande presque n'importe quoi,

1 **le roudoudou** (enf.): bunte Bonbonmasse in einer Muschel *(la coquille)*.
2 **rêche:** rau, hart.
3 **la (pâte de) guimauve:** Schaumzucker.
aplati, e: glatt, abgeflacht.
4 **gagnant, e:** mit Gewinnmöglichkeit.
12 **le centime:** vor der Einführung des Euro der hundertste Teil eines französischen Franc (FF). 1 Euro entspricht 6,56 FF, 20 Centimes wären also 3 Eurocent.

une boule de coco, un Carambar, et quand même, au dernier moment, on retrouve ses esprits pour demander cette petite merveille à vingt centimes: une langue de sucre jaune-orange parfumée au fruit de la Passion, saupoudrée de neige acide.

«Au revoir messieurs dames», et c'est fini. On se retrouve sur le trottoir, un copain passe, et l'on partage – non, quand même pas celui au fruit de la Passion. En quelques pas et quelques phrases sur l'école, les bonbons sont mangés. Il y a juste ce petit goût acidulé qui reste dans la bouche et rend la route plus légère, et le sac miniature en papier blanc, un peu trop solennel pour trois bonbons, qu'on gonfle et puis qu'on claque avec le

1 **la boule de coco:** Kokoskugel (Schaummasse mit Kokosflocken bestreut).
Carambar: Name eines Karamellbonbons, auf dem Einwickelpapier stehen Rätsel oder Witze.
2 **retrouver ses esprits:** sich wieder fassen.
3 **la merveille:** Wunder.
4 **la langue de sucre:** ‚saure Zunge'.
parfumé, e à la / au: mit …geschmack.
5 **le fruit de la Passion:** Passionsfrucht.
saupoudré, e: bestäubt, bestreut.
la neige acide: die Körnchen, mit denen ‚saure' Süßigkeiten bestreut sind (*acide:* sauer).
11 **acidulé, e:** säuerlich.
13 **solennel, le:** feierlich; hier: aufwändig.
14 **gonfler qc:** etwas aufblasen.
claquer qc: etwas (Tür usw.) zuknallen (lassen); hier: etwas platzen lassen.

poing. C'est bien, on a juste les doigts un peu collants, pourvu qu'il n'y ait pas une interro d'histoire.

1 **le poing:** Faust.
2 **pourvu que** (+ subj.): vorausgesetzt, dass; wenn doch nur.
une interro: Abk. von *une interrogation écrite:* Test, schriftliches Abfragen in der Schule.

C’est bien de faire ses devoirs sur la table de la cuisine

Pas tous les jours; parfois on préfère être seul, dans sa chambre. Mais certains soirs d’hiver, par exemple, quand il fait déjà nuit dehors, juste après le goûter. Sur la toile cirée, on installe le désordre des cahiers, des crayons de couleur, des gommes et des bouquins.

Les devoirs traînent un peu. On a commencé par le plus dur, le problème de maths, mais la troisième question est difficile. Avec un doigt, on suit le dessin de la toile cirée: il y a des carreaux rouges et à côté des petits carreaux bleus qui représentent des moulins de Hollande. Ce serait bien d’aller là-bas, très loin, au nord. On reviendrait de l’école en patins à glace.

6 **le goûter:** kleiner Nachmittagsimbiss.
la toile cirée: Wachstuch, Wachstischdecke.
8 **le bouquin** (fam.): Buch.
9 **traîner:** herumliegen; sich hinziehen.
10 **le problème:** hier: Aufgabe (bes. Mathematik).
les maths (fam.): Mathe.
12 **le carreau:** Karo, Quadrat.
14 **le moulin:** Mühle.
16 **le patin à glace:** Schlittschuh.

– Dépêche-toi un peu! Après, tu seras débarrassé, tu pourras lire, ou jouer.

Maman dit des petites phrases comme ça, de temps en temps, entre un navet et une carotte à éplucher – on lui a déjà mangé deux carottes crues et elle a fait semblant de se fâcher. Mais on n'a pas vraiment envie d'être débarrassé. Il fait si bon dans la cuisine, et puis il y a ces odeurs qui se mélangent: l'orange du goûter, les légumes de la soupe …

Tant pis pour les maths. On y reviendra plus tard. On attaque la leçon d'histoire. Noblesse, clergé, tiers état. Les mots coulent bien. Sur le dessin, la Bastille n'est pas si terrible. Par contre, au Jeu

1f. **débarasser qn de qc:** jdn. von etwas befreien.
4 **le navet:** weiße Rübe (in Frankreich beliebte Sorte).
5 **éplucher:** schälen.
11 **tant pis:** da kann man nichts machen, dann eben nicht.
12 **la noblesse:** Adel.
12f. **le clergé:** Klerus, Geistlichkeit, Funktions- und Würdenträger der Kirche.
13 **le tiers état:** der »Dritte Stand«, die Schicht der Bürger, Handwerker und Bauern gegenüber den privilegierten Schichten Adel und Klerus.
14 **la Bastille:** früher das berüchtigte Staatsgefängnis in Paris. Der Sturm auf die Bastille am 14. Juli 1789 war der Beginn der Französischen Revolution. Daher ist der 14. Juli in Frankreich Nationalfeiertag.
14f. **le Jeu de paume:** nach dem alten französischen Ballspiel benanntes Ballhaus (*la paume:* Handfläche). Während der Französischen Revolution traf sich die neu gegründete National-

de paume, tous les hommes noirs et gris ont des yeux farouches, et la scène est plutôt lugubre.

– Allons, tu dois la savoir, maintenant! Je t'interroge.

– Attends encore un peu!

On s'en fiche, des états généraux. Ce qui est bien, c'est de rester sur l'image en rêvant vaguement à l'ambiance de cette époque-là.

Pourquoi faut-il qu'on cuise les navets? Pourquoi faut-il apprendre les révolutions? On prend une gousse d'ail. La peau fripée mauve, rose et blanche tombe sur le livre, légère. On ne sait plus vraiment quelle heure il peut être. Le dîner est en-

versammlung aus Vertretern des Dritten Standes nach einem Versammlungsverbot durch Louis XVI im Ballhaus der Königsresidenz von Versailles und leistete dort den berühmten Ballhausschwur.

2 **farouche:** (menschen)scheu; hier: wild, bedrohlich, sehr entschlossen.

lugubre: düster, traurig.

3f. **interroger:** befragen, abfragen.

6 **se ficher de qc** (fam.): auf etwas pfeifen.

les états généraux: Generalstände, d.h. die Versammlung von Vertretern der drei Stände.

8 **une époque:** Epoche, Zeit (-alter).

9 **cuire:** kochen, braten, garen.

11 **la gousse d'ail** (m.): Knoblauchzehe (*la gousse:* Hülse, Schote).

fripé, e: knittrig, zerknautscht.

mauve: zartlila.

core loin. Dans la maison, il y a une agitation tranquille, des petites phrases sur la journée:

– Tu as vu …?

On n'écoute pas vraiment ce que les parents disent. On n'apprend pas vraiment ses leçons. On se sent un peu flottant, comme si on n'existait plus, comme si on devenait la toile cirée, les légumes de la soupe, le livre d'histoire – comme si on devenait un soir d'hiver à la maison. C'est bien, dans les cuisines.

1 **une agitation:** heftige Bewegung; hier: geschäftiges Treiben.
6 **flottant, e:** schwimmend, treibend.

C’est bien l’autoroute la nuit

On sait qu’on finira par s’endormir, mais on se dit qu’on ne va pas dormir du tout. La voiture est étrange, un peu comme une petite maison où l’on se sent très protégé, un peu comme une cabine de pilotage aussi, avec toutes ces lumières qui brillent dans le noir. Il y a du vert surtout, phosphorescent, en rond sur les cadrans du tableau de bord, et de petites étoiles orange à l’endroit du lève-glace, de l’allume-cigare …

Personne ne parle, et on peut s’inventer des histoires dans le bruit rassurant du moteur. On est tous embarqués dans un voyage très calme et lent, peut-être dans l’espace. Le temps s’efface, et la route n’existe pas vraiment, jusqu’au moment où

2 **finir par** (+ inf.): schließlich etwas tun.
5f. **la cabine de pilotage:** Cockpit, Pilotenkanzel (*le pilotage:* Steuern, z.B. eines Flugzeugs).
6 **briller:** leuchten.
7 **phosphorescent, e:** phosphoreszierend; hier: leuchtend.
8 **le cadran:** Zifferblatt; hier: beleuchtete Anzeigen.
le tableau de bord: Armaturenbrett.
9 **le lève-glace(s):** Fensterheber.
10 **un allume-cigare(s):** Zigarettenanzünder.
12f. **être embarqué, e:** an Bord sein.

surgit le panneau bleu «Cafétéria 2 kilomètres». Cafétéria: c'est cette grande tache de lumière dans les phares qui s'élargit peu à peu à l'horizon, comme une ville tranquille posée sur la nuit.

On s'arrête à la station-service. On a le droit d'aller se dégourdir les jambes dans un grand magasin tout en long. La nuit, il n'y a personne, et sous les rampes de néon on prend son temps pour regarder les tourniquets pleins de cassettes, les boîtes de Coca et de soda rouge vif, vert électrique, et les voitures miniatures qu'on n'achète pas, mais qui semblent un peu magiques parce qu'elles sont très chères.

On cherche de la monnaie dans ses poches, et on déchiffre des expressions étranges sur les distributeurs: «expresso», «supplément sucre», «café long». Aux toilettes, il y a un souffleur pour se sécher les mains. Si personne ne vous regarde, on

1 **surgir:** auftauchen.
3 **le phare:** Scheinwerfer.
s'élargir: breiter werden, größer werden.
6 **se dégourdir les jambes:** sich die Beine vertreten.
8 **la rampe:** Geländer, Rampe; hier: Lichtanlage.
9 **le tourniquet:** Drehkreuz; hier: Drehständer.
10 **le soda:** Sodawasser; aber auch allgemein: sprudelnde Getränke.
vif, vive: hier: leuchtend.
15 **déchiffrer:** entziffern.
15f. **le distributeur:** hier: (Verkaufs-)Automat.
17 **le souffleur:** hier: Warmluftgebläse.

peut aussi passer sa tête dessous, et on se sent tout tiède et tout léger.

Tout est très amusant, mais en quelques minutes il semble qu'on s'ennuie déjà dans ce décor plutôt blanc, plutôt froid. Pourquoi? Déjà on a envie de revenir se blottir au creux de la voiture, et de ne plus bouger jusqu'au bout du voyage.

On rouvre les portières, et l'on retrouve avec plaisir tout un désordre vivant et chaud d'oreiller froissé, de gâteau émietté. Le bateau roulant abandonne sans regret le parking presque désert, et regagne le ciel immense. Il n'y a pas de ville à traverser, pas de carrefour, pas d'obstacle. Il n'y a plus rien à faire qu'à se laisser couler doucement, ouvrir les yeux tant que l'on peut, et puis s'abandonner très fort en redoutant d'avance le silence immobile qui vous réveillera là-bas, très loin, de l'autre côté de la nuit.

4 **le décor:** Ausstattung; Dekoration; hier (fig.): Umgebung.
6 **se blottir:** sich (zusammen)kauern, kuscheln, schmiegen.
au creux de: im Innersten von (*le creux:* Höhle, Mulde, Vertiefung).
8 **la portière:** (Auto-)Tür.
10 **froissé, e:** zerknittert, zerknautscht.
émietté, e: zerkrümelt.
11 **désert, e:** verlassen, menschenleer.
11 f. **regagner qc:** zu etwas zurückkehren, etwas wieder erreichen.
13 **un obstacle:** Hindernis.
16 **redouter qc:** etwas fürchten.

C'est bien, quand il fait très froid

Ça commence dans la nuit, un drôle de petit bruit métallique contre les persiennes. On se rendort, mais au matin, surprise! Les volets sont collés. C'est de la glace qui est tombée en averse toute la nuit. Maintenant, le jour est presque levé, mais ça ne fondra pas. Il paraît même qu'il fait encore plus froid.

– Pourquoi tu ne m'as pas réveillé? J'ai cours à huit heures.

– Ils ont dit à la radio que les cars de ramassage ne passeraient pas. Il n'y a pas d'école aujourd'hui.

Ça, on a du mal à y croire. Et puis ça tombe vraiment bien – on n'avait pas trop appris ses le-

2 **un/une drôle de ...:** ein(e) seltsame(r, s) ...
3 **la persienne:** Fensterladen.
4 **le volet:** Fensterladen; hier: Flügel des Fensterladens.
collé, e: hier: festgefroren.
5 **une averse:** Schauer, Guss.
7 **fondre:** schmelzen.
11 **le car de ramassage:** Schulbus (*le ramassage:* Einsammeln, Auflesen).
13 **on a du mal à** (+ inf.): es fällt einem schwer zu ...
13f. **ça tombe bien:** das trifft sich gut.

çons. Les parents n'ont pas l'air réjoui, par contre. La voiture ne démarre pas, et Maman s'inquiète pour le chauffage – Papa a oublié de mettre de l'antigel dans le fioul.

Mais pour les enfants, c'est merveilleux. On met trois gros pulls l'un sur l'autre, et on sort faire un tour. Dehors, c'est encore plus beau que quand il a neigé. On rencontre des copines et des copains. Il y a trop de glace pour faire une glissade – on ne peut pas prendre son élan. Mais on se pousse un peu, on chahute – pas longtemps, parce que ça fait vraiment mal de tomber.

Il n'y a pas grand-chose à faire, par ce temps étrange. On avance à tout petits pas, comme des vieux. Le paysage est tellement extraordinaire qu'au bout d'un moment on a surtout envie de se taire, et de regarder. Chaque branche d'arbre est enfermée dans une colonne de glace. De temps en temps, on entend un bruit sec et il faut vite

1 **avoir l'air:** scheinen.
réjoui, e: erfreut.
2 **démarrer:** anspringen (Auto).
s'inquiéter: sich beunruhigen, sich Sorgen machen.
4 **un antigel:** Frostschutzmittel.
le fioul (auch: *fuel*, angl.): Heizöl.
9 **la glissade:** Gleiten, Schlittern; Rutschpartie.
10 **prendre son élan:** Anlauf nehmen, Schwung holen.
11 **chahuter:** herumtoben, Krach machen.
18 **la colonne:** Säule.

s'écarter – c'est une branche qui vient de tomber. Le ciel est tellement bleu qu'on se croirait en plein été – en même temps, on a les oreilles qui piquent, et le bout du nez. On a l'impression d'avoir les yeux qui tremblent.

Quand on revient à la maison, catastrophe! Il n'y a plus de chauffage! C'est bien, cette catastrophe. Tout l'après-midi, Maman laisse le four allumé pour réchauffer la cuisine. Ça serait idiot de le faire brûler pour rien, alors elle en profite pour faire trois gâteaux. On rapproche la table de la cuisinière. Jusqu'au soir, on joue au Cluedo en mangeant des gâteaux. Après le dîner, les parents sont désolés et de mauvaise humeur – Papa a essayé de dégeler les conduites de chauffage avec un sèche-cheveux; c'est le sèche-cheveux qui a brûlé. Mais c'est quand même la fête: on couche tous ensemble dans la même chambre – il n'y a qu'un seul ra-

1 **s'écarter:** sich entfernen, zur Seite gehen.
3 **piquer:** hier: brennen, jucken.
10 **profiter de qc:** etwas ausnutzen.
11 f. **la table de la cuisinière:** Küchentisch (*la cuisinière:* Köchin).
12 **Cluedo:** klassisches Detektiv-Brettspiel mit Mördersuche.
14 **désolé, e:** (tief) betrübt.
15 **dégeler:** entfrosten, enteisen.
la conduite: hier: (Rohr-)Leitung.
15 f. **le sèche-cheveux:** Haartrockner, Fön.
18 f. **le radiateur:** Heizkörper.

diateur électrique! On gonfle le matelas pneumatique, on se recouvre de tous les duvets, toutes les couvertures qu'on peut trouver. On imagine qu'on est un grognard de Napoléon pendant la bataille de Moscou. Pourvu qu'il fasse froid très longtemps!

1 **gonfler qc:** etwas aufblasen.
1 f. **le matelas pneumatique:** Luftmatratze.
2 **le duvet:** Daune; hier: Daunenbett, Daunenschlafsack.
4 **le grognard** (hist.): Soldat der Garde Napoleons.
4 f. **la bataille de Moscou:** die Schlacht von Moskau. Die deutsche Bezeichnung ist »Schlacht von Borodino« (1812), die entscheidende Schlacht in Napoleons Russlandfeldzug mit furchtbaren Verlusten auf beiden Seiten.
5 **pourvu que** (+ subj.): vorausgesetzt, dass; wenn doch nur.

C'est bien de lire un livre qui fait peur

On est dans sa chambre, c'est l'hiver. Les volets sont bien fermés. On entend le vent qui souffle au-dehors. Les parents sont allés se coucher, eux aussi. Ils croient qu'on a éteint depuis longtemps. Mais on n'a vraiment pas envie de dormir. On a juste gardé la lumière de la petite lampe de chevet qui fait un cercle jusqu'au milieu des couvertures. Au-delà, l'obscurité de la chambre est de plus en plus mystérieuse.

On a hésité longtemps avant de choisir le livre. Agatha Christie ne fait pas peur, on suit trop

3 **le volet:** Fensterladen.
4 **souffler:** blasen.
4 f. **au-dehors** (loc. adv.; litt.): außen, draußen.
6 **éteindre:** löschen; hier: das Licht ausmachen.
8 **garder:** bewachen; behalten; hier: anlassen.
la lampe de chevet: Nachttischlampe (*le chevet:* Kopfende des Bettes).
10 **au-delà** (loc. prép.): jenseits.
une obscurité: Dunkelheit.
11 **mystérieux, -euse:** geheimnisvoll.
13 **Agatha Christie:** britische Schriftstellerin (1890–1976), Verfasserin zahlreicher Kriminalromane, darunter die berühmten Geschichten um Hercule Poirot und Miss Marple.

l'enquête et on ne fait pas attention au reste. Les aventures de Sherlock Holmes, c'est mieux, avec les brouillards, les chiens, les chemins de fer parfois. Mais il y a trop de dialogues, et Sherlock est si sûr de lui – on ne peut pas penser qu'il va être vaincu. Finalement, on a choisi *L'Île au trésor*.

On a bien fait. Dès le début du livre, il y a une ambiance extraordinaire, avec cette auberge près d'une falaise. C'est toujours la tempête là-bas; on a l'impression que c'est toujours la nuit aussi, avec la mer qui gronde tout près. Et puis Jim Hawkins, le héros, se retrouve vite seul avec sa mère à *L'Amiral Benbow*.

À sa place, on serait mort de terreur. Le vieux pirate réclame du rhum et se met en colère sans

1 **une enquête:** Untersuchung, Ermittlung.
2 **Sherlock Holmes:** Detektiv in den Romanen des britischen Schriftstellers Sir Arthur Conan Doyle (1859–1930).
3 **le chemin de fer:** Eisenbahn.
6 **vaincre:** schlagen, besiegen.
«L'Île au trésor»: *Die Schatzinsel*, im Original: *Treasure Island* (1883), Abenteuerroman des schottischen Schriftstellers Robert Louis Stevenson (1850–94).
8 **une auberge:** Gasthof; der betreffende Gasthof in *L'Île au trésor* heißt «L'Amiral Benbow».
9 **la falaise:** Steilküste, Felsklippe.
11 **gronder:** grollen; tosen.
14 **la terreur:** Entsetzen, Schrecken, Grauen.
15 **réclamer qc:** etwas fordern, nach etwas verlangen.
le rhum: Rum.

qu'on sache pourquoi. Mais le plus effrayant, c'est quand les autres pirates débarquent dans le pays à la recherche de leur ancien complice. C'est une nuit de pleine lune, et l'aveugle donne des coups de canne sur la route blanche en criant:

– N'abandonnez pas le vieux Pew, camarades! Pas le vieux Pew!

Il y a une illustration en couleurs avec cette image, du noir, du mauve, du blanc. C'est un livre un peu vieux, avec seulement quelques images – il n'y en aura pas d'autres avant au moins trente pages. On reste longtemps à regarder celle-là. Parfois, quand on s'endort, on a peur de devenir aveugle pendant la nuit, alors on se met dans la peau du vieux Pew – et c'est étrange, parce que en même temps on a peur qu'il vous donne un coup de canne. Heureusement, près de soi, on a la petite lumière bleue du radio-réveil et le poster de Droopy, mais on a l'impression qu'ils sont partis en Angleterre eux aussi, au pays du rhum, de la colère et des naufrages. C'est dangereux de s'endormir là-

1 **effrayant, e:** schrecklich, unheimlich.
2 **débarquer:** landen, an Land gehen.
5 **la canne:** Rohr; hier: Stock.
9 **mauve:** zartlila.
18 f. **Droopy:** eigtl.: Droopy Dog, deutsch: Drops, 1943 von dem amerikanischen Zeichner und Regisseur Tex Avery geschaffene Zeichentrickfigur.
21 **le naufrage:** Schiffbruch.

bas, mais on voudrait quand même – on dort si bien près du danger, et les draps sont si chauds, près de la pluie. C'est bien de se faire peur en lisant *L'Île au trésor*.

C'est bien, quand les mamans commencent à bavarder

L'après-midi du mercredi semblait immense, mais, au début, on n'arrivait pas vraiment à s'amuser, peut-être justement parce qu'il y avait une trop grande plage de temps blanche devant soi. On avait bien joué un peu au ping-pong, mais le vent était trop fort.

On avait bien tapé un moment dans le ballon de foot, mais ce n'est pas très drôle, à deux, surtout pour le gardien de but. Alors on se sentait vaguement mal à l'aise, surpris de s'ennuyer avec un aussi bon copain. Mais après le goûter, tout avait changé, comme si le temps s'était mis à filer très vite. Dans la chambre, on avait installé le Subbuteo, un super-jeu de football qui reproduit vraiment les actions du foot, pas du tout comme le baby-

3 **mercredi:** vgl. S. 11.
11 **le gardien de but:** Torwart (*le gardien:* Wächter).
11 f. **se sentir mal à l'aise:** sich nicht wohl fühlen.
13 **le goûter:** kleiner Nachmittagsimbiss.
14 **filer** (fam.): sich verziehen, abhauen; hier: verfliegen.
16 **reproduire:** nachbilden, wiedergeben.
17 f. **le baby-foot:** Tischfußball.

foot. Pourquoi n'y avait-on pas pensé plus tôt? On avait organisé une coupe du monde, et on en était à la demi-finale Nigeria/Italie, quand la sonnerie de l'entrée a retenti. C'était déjà sa mère qui venait le chercher!

On retient son souffle, et surtout on ne se montre pas. On prête l'oreille: au rez-de-chaussée, il y a cette conversation qui commence, et qui semble familière – à quelques mots près, on l'a déjà entendue des dizaines de fois:

– Il n'a pas été trop désagréable, au moins?

– Pensez-vous! D'ailleurs, je ne m'en occupe même pas. Je crois qu'ils sont lancés dans une partie … Mais asseyez-vous quelques instants …

– Je ne voudrais pas salir. Avec cette pluie …

Les mamans savent bien leur rôle, et elles mettent le ton pour réciter ces phrases qui coulent

2 **la coupe du monde:** Weltmeisterschaft.
3 **la sonnerie:** Läuten, Türglocke.
4 **retentir:** ertönen.
6 **le souffle:** Atem.
7 **prêter l'oreille** (f.): lauschen, aufmerksam hinhören.
9 **familier, -ière:** vertraut, bekannt.
à … près (loc. adv.): bis auf …, abgesehen von …
13 **être lancé, e dans qc:** hier (fig.): in etwas mittendrin sein, in etwas vertieft sein.
14 **un instant:** Augenblick.
16 **savoir son rôle:** seine Rolle beherrschen.
16f. **mettre le ton:** den (richtigen) Ton anschlagen.

toutes seules. La maman qui vient chercher finit toujours par se laisser faire: «Juste une minute, alors!» C'est à ce moment-là que le mercredi devient délicieux. On se précipite pour reprendre la deuxième mi-temps, en sachant déjà qu'on arrivera même à faire la finale. Il y aura d'abord un «Vous venez les enfants?», crié sans conviction, et qui veut dire: «Vous avez encore au moins vingt minutes.» Tant qu'on n'en est pas aux «Il faut venir, maintenant!», le danger est très vague. Dehors, la nuit est tombée, il est sûrement presque sept heures. Le ronron des mamans endort la pendule, et toute la maison. On joue en silence, mais avec des gestes pleins de fièvre et de précipitation, comme si on était en faute. C'est bien, quand les mamans n'arrêtent pas de bavarder.

2 **se laisser faire** (fam.): sich überreden lassen, sich ‚rumkriegen' lassen.
4 **délicieux, -euse:** köstlich, herrlich.
se précipiter: sich (an einen Ort) stürzen; hier: sich beeilen (*la précipitation:* Hast, große Eile).
5 **la mi-temps:** Halbzeit.
7 **la conviction:** Überzeugung; hier (fam.): Ernsthaftigkeit.
11 **tomber:** hier: hereinbrechen.
12 **le ronron:** Schnurren (eigentlich von Katzen).
endormir qn: jdn. einschläfern, einlullen.
la pendule: (Pendel-, Wand-)Uhr.
15 **être en faute:** im Unrecht sein.

C’est bien de se lever le premier dans la maison

En général, c’est un jour où l’on aurait pu dormir, un dimanche, par exemple; mais justement, on n’a pas toujours envie de faire la grasse matinée. C’est bien de faire le contraire de ce que les autres attendent, et puis on sera fier quand les parents arriveront enfin et qu’ils seront très étonnés:

– Déjà levé? Et en plus tu as fait du café!

On se réveille très tôt, à la fin d’un cauchemar. On regarde le radio-réveil. Six heures et quart un dimanche, c’est fou, mais on n’a plus du tout sommeil. On se lève, et tout de suite on s’habille – si on se lève à cette heure-là, ce n’est pas pour traîner en pantoufles et en robe de chambre. Non, ce qu’on veut, c’est être déjà dans la vie quand les autres sont encore dans le sommeil. Le parquet

5 f. **faire la grasse matinée:** bis in den Tag hinein schlafen.
11 **le cauchemar:** Albtraum.
13 **fou/fol, folle:** verrückt.
15 f. **traîner:** herumliegen; hier: herumhängen.
16 **la pantoufle:** Hausschuh.
la robe de chambre: Morgenrock, Bademantel.

craque un peu, mais on arrive à ouvrir la porte sans la faire grincer. Dans le couloir on n'y voit presque rien, mais on n'allume pas, et on marche à pas de loup jusqu'à la cuisine, le cœur battant, comme si on courait un grand risque.

On entrouvre les volets. Il fait encore vraiment nuit, et pour longtemps. La cuisine est assez loin des chambres, alors on peut mettre la radio tout bas. Sur France-Info, ils sont déjà très réveillés, et c'est assez étrange d'entendre les résultats des matchs de football: le monde bouge à toute vitesse, mais la maison est pleine de silence. On se dit qu'on va prendre un bon petit déjeuner, mais finalement on préfère préparer d'abord le café des parents – s'ils se réveillaient avant, on n'aurait pas fait un exploit. Il ne reste qu'un filtre à café dans le paquet. On se dépêche et on renverse du café

1 **craquer:** knacken, knarren.
2 **grincer:** quietschen.
3 f. **à pas de loup** (fig.): ganz leise, mit unhörbaren Schritten (*le loup / la louve:* Wolf, Wölfin).
5 **courir un risque:** sich einer Gefahr aussetzen, ein Risiko eingehen.
6 **entrouvrir:** halb öffnen, einen Spalt breit aufmachen.
le volet: Fensterladen.
9 **France-Info:** französischer Radiosender, der rund um die Uhr Nachrichten und Informationssendungen bringt.
16 **un exploit:** Glanzleistung, Heldentat.
17 **renverser:** umwerfen, umstoßen; hier: verschütten.

moulu – en soufflant, il s'envole, et ça ne se voit plus.

Voilà. Le café est fait. On se dit qu'il y aurait un exploit beaucoup plus fort: aller chercher des croissants pour tout le monde – la boulangerie ouvre à six heures et demie. Mais il faut d'abord trouver de la monnaie.

À force de chercher dans tous les tiroirs, on finit par en avoir assez, avec pas mal de pièces jaunes. On enfile un pull, on prend la clé, et on n'oublie pas de refermer la porte à double tour – qu'est-ce qu'ils diraient, s'ils se réveillaient? Ils s'inquiéteraient, peut-être. Mais c'est bien de prendre ce risque – ça fait partie du jeu. Dehors, il fait très froid. On souffle devant soi des petits nuages, et on se sent tout à fait libre, léger, très différent des matins ordinaires. Il y a de la buée sur la vitrine de la boulangerie. Les croissants au beurre sont meil-

1 **moulu, e:** gemahlen.
souffler: blasen, pusten.
s'envoler: davonfliegen.
8 **à force de** (loc. prép.): nach langem …, durch viel …
9 **la pièce:** hier: Geldstück. Mit *pièces jaunes* sind die golden umrandeten 10-Franc-Münzen gemeint (vgl. S. 16); heute etwa 1,5 Euro.
10 **enfiler:** auffädeln; hier: anziehen, überstreifen.
11 **fermer à double tour:** doppelt abschließen.
12f. **s'inquiéter:** sich beunruhigen, sich Sorgen machen.
17 **la buée:** feuchter Beschlag.

leurs, mais on n'a pas trop d'argent, alors on prend moitié-moitié, pour ne pas être ridicule au moment de payer. Sur le chemin du retour, on prend un croissant dans le sac, et on le mange en marchant dans la rue bleue. Tout à l'heure, à la maison, ils seront à la fois un tout petit peu fâchés et très contents. C'est bien de se lever tôt le dimanche matin.

6 **à la fois** (loc. adv.): gleichzeitig.

C'est bien de jouer au flipper

En principe on n'a pas le droit, c'est marqué sur la machine – les jeux électriques sont interdits aux mineurs de moins de seize ans non accompagnés. Mais les parents prennent un pot sur la terrasse, alors le patron du café n'a rien dit quand vous avez demandé de la monnaie, deux pièces de cinq francs – normalement ça fait six parties, mais on espère bien une «grate», une partie gratuite.

Dans le coin le plus sombre du café, le flipper est là, avec une superbe tête d'Indien et un décor de Far West. Il y a tous ces cadrans, aussi, et ces lettres mystérieuses, ces mots qu'on ne comprend pas vraiment: *It's more fun to compete. One*

4 **le mineur / la mineure:** Minderjährige(r), Jugendliche(r).
5 **prendre un pot** (fam.): etwas trinken (gehen).
7 **la pièce:** hier: Geldstück.
8 **cinq francs:** vgl. S. 16; heute etwa 75 Eurocent.
11 **sombre:** dunkel, düster.
12 **superbe:** großartig, toll.
un Indien / une Indienne: Inder(in); hier: Indianer(in).
13 **le Far West** (angl.): der Wilde Westen.
le cadran: Zifferblatt; hier: beleuchtete Anzeigetafel.
14 **mystérieux, -euse:** geheimnisvoll.

replay for a score of 30.000: ceux-là, par contre, on devine. 30000 points pour une partie gratuite. C'est assez terrifiant, et on jette un coup d'œil derrière soi – on a peur d'être ridicule. On met la pièce dans la fente *(insert coin)*, et il ne se passe rien. Il faut appuyer sur le petit bouton rouge, juste à côté.

Alors là, tout d'un coup l'appareil est traversé de gargouillis métalliques, les plumes de l'Indien se mettent à clignoter, et les cadrans se remettent à zéro avec des petits bruits mats, très secs. Pour envoyer la première boule, il faut tirer sur la poignée, à droite.

On est tellement impressionné que la boule glisse tout doucement, et n'arrive même pas jus-

1 **par contre** (loc. adv.): dagegen.
2 **deviner:** erraten.
3 **terrifiant, e:** erschreckend, schrecklich.
jeter un coup d'œil: einen Blick werfen.
5 **la fente:** Schlitz, Spalt.
6 **le bouton:** Knopf.
8 **traversé, e de:** hier: durchdrungen von, voll von.
9 **le gargouillis:** Gluckern, Gurgeln.
la plume: Feder.
10 **clignoter:** blinken.
11 **mat, matte:** matt, glanzlos; hier: dumpf.
12 **la boule:** Kugel.
tirer sur qc: hier: an etwas ziehen.
12f. **la poignée:** Handvoll; Händedruck; hier: Griff.
15 **glisser:** (dahin)gleiten.

qu'en haut. On recommence beaucoup plus fort, comme si on voulait précipiter le désastre, et c'est vrai que la première boule est assez catastrophique: dans le haut du jeu, elle tamponne bien quelques gros champignons à cent points, mais elle file ensuite tout en bas, beaucoup trop vite. Une fois on la sauve avec le flipper de gauche, mais à la deuxième elle tombe presque au milieu, et on a beau crisper les doigts sur les deux flippers en même temps, ça y est, elle a disparu dans le gouffre noir. On ose à peine lever les yeux sur le tableau. Six cents points, une misère.

On avait tellement peur de faire «tilt» en se-

2 **précipiter:** hinab-, hinunterstürzen; hier: vorantreiben.
le désastre: Unheil, Katastrophe.
4 **tamponner qc:** etwas abtupfen; hier: mit etwas zusammenstoßen, auf etwas prallen.
5 **filer** (fam.): sich verziehen, abhauen; hier: schnell verschwinden.
8f. **avoir beau faire qc:** etwas noch so sehr/oft tun können, etwas vergeblich tun.
9 **crisper:** verkrampfen; hier: fest aufdrücken.
10f. **le gouffre:** Abgrund, Schlund.
11 **à peine** (loc. adv.): kaum.
11f. **le tableau:** hier: Anzeigetafel.
12 **la misère:** Elend, Not; hier: lächerliche Kleinigkeit.
13 **tilt** (angl.): Signal für das Spielende beim Flippern, wenn das Gerät angehoben oder von außen bewegt wurde, um die Kugel auf dem Spielfeld zu halten.
13f. **secouer:** schütteln, rütteln.

couant trop l'appareil. Mais quitte à prendre des risques, on va le bousculer davantage dès la deuxième boule. Et tout d'un coup, ça marche. La boule rebondit, prend des temps de repos dans des petits trous où elle tombe par miracle, avant de rejaillir à l'assaut. C'est vertigineux. On n'a pas l'impression de maîtriser cette excitation de tout l'appareil, qui s'illumine de plus en plus au fur et à mesure que le temps passe.

Un «tchak» retentit soudain: partie gratuite! On fait semblant de commander, mais on est complètement dépassé. C'est l'Indien qui est le plus fort, et qui mène les bruits, les couleurs. Il vous emmène un moment dans un voyage complètement fou, puis il vous laisse dans le silence du café. Les plumes sont restées allumées. C'est bien, le flipper.

1 **quitte à** (+ inf.; loc. prép.): auf die Gefahr hin, dass …
2 **bousculer:** anstoßen, heftig stoßen.
davantage (adv.): noch mehr.
dès (prép.): (schon) ab, schon von … an.
4 **rebondir:** (wieder) hochspringen.
5 **le trou:** Loch.
le miracle: Wunder.
5f. **rejaillir:** aufspritzen; (wieder) hochspringen, hochschießen.
6 **un assaut:** Sturm (z.B. auf eine Festung), Attacke, Angriff.
vertigineux, -euse: schwindelerregend.
7 **maîtriser:** bändigen; hier: beherrschen.
une excitation: Erregung.
8f. **au fur et à mesure que** (loc. conj.): in dem Maße, wie …
11f. **être dépassé, e:** hier: nicht mehr mitkommen, überrollt sein.

C'est bien d'être abonné à un journal

Pas un journal quotidien – c'est trop facile de savoir qu'il va être là chaque jour dans la boîte aux lettres, comme dans un distributeur automatique. Pas même un hebdomadaire, parce qu'alors il arrive toujours le même jour de la semaine, et ce n'est plus une surprise. Mais un mensuel, c'est bien. Chaque fois, on se dit:

– Je vais faire semblant d'avoir oublié que j'étais abonné. Comme ça le journal arrivera par magie, un matin.

Mais un mois, c'est long, et chaque fois on est obligé d'y repenser, de trouver que c'est bizarre,

1 **être abonné, e à qc:** etwas abonniert haben.
3 **quotidien, ne:** täglich, Tages…
5 **le distributeur automatique:** Automat.
6 **un hebdomadaire:** wöchentlich erscheinende Zeitung, Zeitschrift (*hebdomadaire:* wöchentlich, Wochen…).
8 **le mensuel:** monatlich erscheinende Zeitschrift (*mensuel, le:* monatlich, Monats…).
10 **faire semblant de** (+ inf.): so tun als ob …
13 f. **être obligé, e de** (+ inf.): zu etwas gezwungen sein.

un peu inquiétant, cette attente infinie – est-ce que Papa a bien pensé à envoyer le bulletin de réabonnement à prix réduit qu'on avait rempli soi-même, et posé en évidence sur le bureau?

En même temps, c'est bien d'attendre, parce qu'on se demande ce qu'il va y avoir dans le numéro. Ce mois-ci, bien sûr, c'est Wimbledon, alors il y aura peut-être une interview de Pete Sampras – on dit qu'il ne sourit pas beaucoup, mais quand on le connaît, on voit très bien la joie sur son visage, comme à la fin du match contre Rafter, la dernière fois.

En tout cas, il y aura des essais de nouvelles raquettes, et on pourra rêver un peu – même si on

1 **inquiétant, e:** beunruhigend.
une attente: Warten, Wartezeit; Erwartung.
2 **le bulletin:** hier: Bestellformular.
3 **à prix réduit:** verbilligt, ermäßigt.
remplir: füllen; hier: ausfüllen.
4 **en évidence** (loc. adv.): gut sichtbar.
7 **Wimbledon:** Vorort von London und Austragungsort des weltweit ältesten und wichtigsten Tennisturniers.
8 **Pete Sampras:** amerikanischer Tennisspieler, vierzehnfacher Grand-Slam-Gewinner, darunter sieben Wimbledonsiege von 1993 bis 2000.
11 **Rafter:** Patrick Rafter, australischer Tennisspieler, für kurze Zeit Nummer eins der Weltrangliste, letztes Spiel 2001.
13 **un essai:** hier: Testbericht.
14 **la raquette:** (Tennis-, Tischtennis-)Schläger.

n'en change pas encore, on pourra mettre un grip vert fluo sur le manche de la vieille.

Un jour, on se dit qu'il y a vraiment un problème. Maman ajoute même:

– C'est normal, il y a des grèves dans le tri du courrier, à Paris.

Le lendemain, on ne pense même plus au journal de tennis parce qu'on a eu une mauvaise note au contrôle de maths, et ça fait comme un grand nuage gris dans la tête. Bien sûr, c'est ce jour-là que le journal vous attend, un peu caché dans la boîte par les petites annonces gratuites, mais on reconnaît bien le petit bout qui dépasse.

C'est ce moment-là qui est le meilleur.

On savoure la petite étiquette avec son nom et son adresse tapés à la machine, comme si on était

1 **le grip** (angl.): Manschette oder Streifen am Griff zur Verhinderung des Abrutschens.
2 **fluo:** Abk. von *fluorescent, e:* fluoreszierend, leuchtend, Neon…
le manche: Stiel; Griff.
5 **le tri:** Sortieren; hier: Sortierstelle.
9 **le contrôle:** hier: Klassenarbeit, schriftliche Leistungsüberprüfung.
12 **les petites annonces:** hier: Werbeblätter.
13 **dépasser:** hier: herausschauen, herausragen.
15 **savourer:** genießen, auskosten.
16 **taper:** tippen.

un personnage officiel. On monte dans sa chambre. Maman lance dans l'escalier:

– Il y avait quelque chose au courrier?

Et on répond avec un ton détaché:

– Non, rien, juste mon journal de tennis.

On attend encore un peu pour déchirer le plastique transparent, mais on a lu à travers les lettres noires bordées de blanc:

INTERVIEW EXCLUSIVE: PETE SAMPRAS.

2 **lancer:** hier: rufen.
4 **détaché, e:** gleichgültig.
6 **déchirer:** zerreißen, aufreißen.
7 **à travers** (loc. adv.): durch (etwas) hindurch.
8 **border:** (ein)fassen, einrahmen.

C'est bien d'être malade

Pas au début, bien sûr, quand on a tellement de fièvre que l'armoire en face du lit grandit sans cesse et veut vous engloutir. Mais à la fin, quand on commence à aller mieux mais qu'on se sent encore un peu pâle, un peu vide.

– Pas d'école avant une huitaine!

Le docteur a dit ça d'un ton très calme. Une semaine, cela ne semblait pas beaucoup – on était tellement fatigué, on n'écoutait pas vraiment. Mais maintenant, une semaine, c'est plus intéressant. Il reste encore trois jours avant jeudi. Aujourd'hui, on avait vraiment faim, et les côtelettes d'agneau étaient délicieuses. En plus, Maman avait l'air de trouver que c'était un exploit de les manger:

– C'est bien! Tu vas vite reprendre des forces!

3f. **sans cesse** (loc. adv.): unaufhörlich, ständig.
4 **engloutir:** verschlingen.
6 **pâle:** blass.
7 **la huitaine:** etwa acht; hier: etwa acht Tage.
14 **délicieux, -euse:** köstlich, lecker.
15 **avoir l'air de** (+ inf.): etwas zu tun/sein scheinen.
un exploit: Glanzleistung, Heldentat.

On dit «oui, oui» de la tête, avec un air courageux, mais on se sent presque en faute, comme si on n'avait plus besoin de tant de douceur.

– Maman, si tu vas faire des courses, tu me rapporteras un *Tom et Jerry*?

Tom et Jerry, c'est le genre d'illustré qu'on n'achète jamais, sauf quand on est malade – d'habitude, on trouve ça un peu bébé.

Quand Maman pose le journal sur le lit en rentrant, on fait semblant de sortir lentement du sommeil, et on jette un coup d'œil distrait sur la couverture. Numéro spécial – 250 pages de jeux et de lecture. Les couleurs sont bien. Les images ont souvent un fond bleu pâle, ou rose; le gris et le marron de Jerry et de Tom sont reposants, eux aussi. L'histoire, on ne la suit pas vraiment – c'est vrai qu'on est encore cotonneux, avec trop d'espace et de vertige dans la tête.

1 **un air:** hier: Miene.
2 **se sentir en faute:** sich im Unrecht fühlen.
3 **la douceur:** Süße; hier: Sanftheit.
6 **un illustré:** Illustrierte.
7 f. **d'habitude** (loc. adv.): gewöhnlich, sonst (*une habitude:* Gewohnheit).
11 **jeter un coup d'œil:** einen Blick werfen.
distrait, e: zerstreut, geistesabwesend.
14 **le fond:** hier: Hintergrund.
15 **reposant, e:** erholsam.
17 **cotonneux, -euse:** wie Watte, dämmrig, matt.
18 **le vertige:** Schwindel(gefühl).

Ce qui est bien, surtout, c'est la sonnerie de l'entrée, vers cinq heures moins le quart. On entend quelques petites phrases polies échangées à voix basse. On a déjà deviné: un copain et une copine de l'école sont passés pour porter les devoirs. Ils s'assoient au pied du lit, un de chaque côté, et ils commencent à raconter toutes les bonnes histoires de la journée, la cantine, les récrés …

On a l'impression d'être à la fois très près et très loin de tout ça. On voudrait presque reprendre déjà la vie normale, mais c'est bon aussi d'avoir encore trois jours à se faire cajoler, à être un personnage intéressant qu'on vient visiter, et qui provoque l'admiration quand il mange ce qu'il préfère. C'est bien d'être malade.

1 **la sonnerie:** Läuten, Türglocke.
4 **deviner qc:** etwas erraten.
8 **la récré:** Abk. von *la récréation:* (große) Pause.
12 **cajoler:** liebkosen, hätscheln.
13 f. **provoquer qc:** etwas auslösen, hervorrufen.

C’est bien d’aller dans une très grande fête foraine, la nuit

Bien sûr, on est déjà allé dans beaucoup de fêtes mais, quand on était petit, ce qui comptait surtout, c’était qu’il y ait un manège, et puis après une boutique de jouets – on achetait des bulles de savon, ou une moto de course en plastique plus grosse que celle des magasins habituels.

Là, c’est tout à fait autre chose. Pendant que Papa cherche une place pour la voiture, on voit déjà toute cette lumière, le ciel violet par-dessus; en baissant la vitre, on entend une rumeur incroyable, des bruits qui se mélangent et qui font peur. C’est tellement beau qu’on en est sûr: il n’y aura pas de place pour se garer. Papa dit qu’il va ren-

2 **la fête foraine:** Jahrmarkt.
5 **le manège:** Reitbahn; hier: Karussell.
6 **le jouet:** Spielzeug.
les bulles (f.) **de savon:** Seifenblasen.
7 **la moto:** Abk. von *la motocyclette:* Motorrad.
8 **habituel, le:** gewöhnlich, normal.
11 **par-dessus** (loc. prép.): oberhalb, darüber.
12 **baisser qc:** etwas absenken, herunterlassen.
la rumeur: dumpfer Lärm; Gerücht; hier: Brausen, Stimmengewirr.

trer à la maison, et on a beau savoir que c'est pour rire, on est très énervé. Mais à force de tourner, on trouve une place sur le pont, au-dessus de la fête.

On a un peu le vertige en sortant de la voiture. On reste un bon moment à regarder, accoudé à la rambarde. Juste à ses pieds on a un manège impressionnant: un grand plateau rond qui s'incline dans tous les sens en tournant de plus en plus vite. Les gens doivent être attachés, mais ils poussent des cris, et les ampoules rouges clignotent – on ne montera sûrement pas sur ce genre d'appareil. De toute façon, on a le choix: il y a des dizaines et des dizaines de manèges immenses, une grande

1 **avoir beau faire qc:** etwas noch so sehr/oft tun können, etwas vergeblich tun.
2 **à force de** (loc. prép.): nach langem …, durch viel …
3 **au-dessus** (loc. prép.): oberhalb.
4 **le vertige:** Schwindel(gefühl).
5 **s'accouder:** sich mit den Ellbogen aufstützen (*le coude:* Ellbogen).
6 **la rambarde:** Geländer.
7 **le plateau:** Tablett; hier: Platte, Scheibe.
s'incliner: sich neigen.
8 **le sens:** hier: Richtung.
9 **attacher:** anbinden, festmachen, anschnallen.
pousser: hier: ausstoßen.
10 **une ampoule:** Glühbirne.
clignoter: blinken.
12 **la dizaine:** etwa zehn; Dutzend.
13f. **la grande roue:** Riesenrad.

roue, des montagnes russes, et tout cela est illuminé.

Le rouge et l'orangé dominent, les lumières se confondent – c'est très chaud, vu d'en haut.

On descend dans la fête. En bas, on découvre peu à peu des tas d'autres stands. Beaucoup de loteries, par exemple. Dans certaines, on gagne seulement d'énormes poupées affreuses en robe rose. D'autres ont l'air de simples magasins d'alimentation, avec des conserves empilées. Mais la plupart font envie: on peut gagner des mini-téléviseurs, des guitares électriques. On n'a pas très envie de risquer son argent à la loterie – on a soixante francs à dépenser, et tout est très cher. Il y a aussi plein de jeux où on pousse des objets avec des jetons qu'on fait tomber. On a toujours l'impression que la montre va bascu-

1 **la montagne russe:** Achterbahn.
1f. **illuminer:** (festlich) beleuchten, anstrahlen.
3 **dominer:** vorherrschen.
3f. **se confondre:** sich vermischen.
6 **le stand:** Marktstand, Jahrmarktsbude.
la loterie: Lotterie; hier: Losbude.
8 **la poupée:** Puppe.
affreux, -euse: schrecklich, abscheulich.
10 **empiler:** (auf)stapeln, auftürmen.
faire envie: verlocken.
13 **soixante francs:** vgl. S. 16; heute etwa 10 Euro.
14 **plein de** (loc. adv.; fam.): unheimlich viel, haufenweise.
15 **le jeton:** Spielmarke, Spielmünze, Chip.
16f. **basculer:** umkippen.

ler et qu'on pourra l'attraper, mais elle reste en équilibre et on est très déçu.

Finalement, on se décide pour un manège fantastique: on monte dans une petite pirogue le long d'une montagne, et après on tombe dans la cascade. Il y a vraiment de l'eau, et on fait même un grand «splash» qui éclabousse tout le monde en arrivant en bas.

Un jeu qui est très bien aussi, c'est le tiercé. On lance des boules dans des trous numérotés devant soi, et ça fait avancer un cheval. Il y a dix joueurs assis côte à côte, et une dame commente au micro:

– Le 10 est bien parti, mais le 11 remonte.

Quand on entend son numéro, on s'excite tellement qu'on ne réussit plus rien jusqu'à la fin de la partie.

2 **un équilibre:** Gleichgewicht.
déçu, e: enttäuscht.
4 **la pirogue:** Einbaum, Piroge (Bootsart).
4f. **le long de** (loc. prép.): längs, entlang von.
5f. **la cascade:** Wasserfall.
7 **éclabousser qn:** jdn. bespritzen, vollspritzen.
9 **le tiercé:** Dreierwette; hier: Pferderennen.
10 **la boule:** Kugel.
le trou: Loch.
numéroter: nummerieren.
12 **côte à côte** (loc. adv.): nebeneinander, Seite an Seite.
14 **s'exciter:** sich aufregen, in Erregung geraten.
16 **la partie:** hier: Spiel(durchgang).

On s'achète une barbe à papa vert pâle, et on a vite les doigts tout collants, et des petits filaments au coin de la bouche. La barbe à papa, c'est comme la fête: de loin, c'est fabuleux, et au bout d'un moment on en a assez. Et puis c'est triste de voir son argent filer si vite – on a juste gagné un porte-clés raquette de ping-pong au tir aux fléchettes. Mais Papa réserve une sacrée surprise: il propose de dîner dans la grande taverne en bois où on fait tourner des porcelets et des poulets à la broche. C'est délicieux, le poulet à la broche avec des frites. On est sur un drôle de plancher qui bouge un peu. Par les petites fenêtres comme celles d'une cabane de trappeur, on voit toutes les lumières. La fête, c'est géant.

1 **la barbe à papa:** Zuckerwatte (*la barbe:* Bart).
pâle: blass.
2 **le filament:** Faser; Faden, Fädchen.
4 **fabuleux, -euse:** fantastisch, toll, sagenhaft.
6 **filer** (fam.): sich verziehen, abhauen; hier: verschwinden.
7 **le porte-clés:** Schlüsselanhänger.
la raquette: (Tennis-, Tischtennis-)Schläger.
7f. **le tir aux fléchettes** (f.): Wurfpfeilwerfen, Dartswerfen.
8 **sacré, e:** hier (fam.): ‚irre', cool.
10 **le porcelet:** (Span-)Ferkel.
10f. **la broche:** Spieß.
12 **un/une drôle de …:** ein(e) seltsame(r, s) …
14 **la cabane:** Hütte.
le trappeur: Trapper, Fallensteller.
15 **géant, e:** riesig; hier (fam.): super, ‚irre'.

C’est bien de jouer au Monopoly

Bien sûr, il y a d’autres jeux beaucoup plus modernes, avec des milliers de questions. Mais le Monopoly, c’est différent. Il fait un peu partie de la famille. Peut-être parce qu’on l’a eu il y a déjà très longtemps, pour un anniversaire. Peut-être aussi parce que, quand on prend la vieille boîte abîmée au dessin écossais marron, rouge, noir et blanc, on se rappelle l’ambiance de toutes les parties, en vacances avec les cousins, les jours de pluie, ou quand il faisait trop chaud.

Les expressions du Monopoly, on les connaît par cœur. Attention, il ne faut pas confondre «si vous passez par la case départ» et «vous passez par la case départ». Pour les cartes «chance» ou «caisse de communauté», c’est pareil. La plus drôle, c’est «vous avez gagné le deuxième prix de beauté» – surtout quand on est trois à jouer.

Le jeu lui-même, on s’en moque un peu. En fait,

7 **abîmer:** beschädigen, ramponieren.
8 **écossais, e:** schottisch, Schotten…
13 **confondre:** verwechseln.
14 **la case départ:** Startfeld (Brettspiel).

c'est du hasard. Il suffit d'acheter toujours quand on tombe sur un terrain. Quand on était plus petit, on ne pensait qu'à gagner. Mais maintenant, on profite de tous les détails. Le choix des pions, par exemple. On a longtemps hésité entre la brouette et le fer à repasser, et finalement on a pris le dé à coudre.

Mais le mieux, ce sont les rues et les couleurs. Il y a plein de sensations qui ont pris les couleurs du jeu. Bleu ciel, c'est juste un peu d'espoir en passant, rue de Vaugirard – pas de quoi se faire des illusions. Orange, c'est déjà beaucoup mieux: avenue Mozart, on a une petite vie agréable et protégée – et après tout, si on possède les trois terrains, on peut gagner. Rouge cerise, Malesherbes, Mati-

1 **le hasard:** Zufall.
2 **le terrain:** hier: Grundstück.
4 **profiter de qc:** etwas ausnutzen, etwas haben von …
le pion: Spielfigur, Spielstein.
5 **la brouette:** Schubkarre.
6 **le fer à repasser:** Bügeleisen.
6f. **le dé à coudre:** Fingerhut (*le dé:* auch: Würfel).
9 **plein de** (loc. adv.; fam.): unheimlich viel, haufenweise.
la sensation: Gefühl, Sinneseindruck.
11 **rue de Vaugirard:** Straße in Paris (hier die französische Benennung eines Monopoly-Spielfelds; auch alle weiteren Eigennamen beziehen sich auf Paris).
(il n'y a) pas de quoi (+ inf.): da gibt es nichts zu …, da muss man nicht …
14 **après tout** (loc. adv.): schließlich.

gnon, c'est déjà très riche. Par contre, on a du mal à penser que jaune Lafayette, c'est encore mieux. Après, il y a la dernière ligne droite, celle du superluxe: vert Breteuil ou Foch, comme les feuilles des marronniers des beaux quartiers. Et puis le bleu marine de Champs-Élysées et rue de la Paix: un bleu profond, un bijou de milliardaire.

Les sommes d'argent paraissent magiques, aussi: 10000, 30000, ça ne ressemble pas du tout à de l'argent ordinaire – de toute façon, on ne peut pas s'acheter une rue.

Le plus excitant, c'est quand on commence à mettre des maisons, puis des hôtels.

– Avec trois maisons, 105000!

– Tant pis, je vais hypothéquer la rue de la Paix!

Les heures passent, mais le temps n'existe plus vraiment. Il y a juste les couleurs et les noms familiers, Paris imaginaire – c'est bien mieux que Paris.

5 **le marronier:** (Ess-)Kastanienbaum.
12 **excitant, e:** aufregend.
15 **hypothéquer qc:** eine Hypothek auf etwas aufnehmen.
18 **imaginaire:** erdacht, eingebildet.

C'est bien d'aller à l'étranger

Évidemment, ce n'est pas une grande aventure de passer de France en Belgique, mais les parents ont beau dire qu'on s'en aperçoit à peine, c'est quand même magique. Dès qu'on est en Belgique, ce qui est extraordinaire, c'est de voir que tout a changé d'un seul coup: la route est belge, et l'herbe, et même les nuages gris dans le ciel. Au bord du petit canal qui longe la route, des pêcheurs sont abrités sous de grands parapluies complètement belges, et la patience des pêcheurs est tout à fait belge, elle aussi.

Si tout bascule tout à coup dans un univers différent, c'est bien sûr à cause des idées qu'on a en tête, mais pas seulement: ce sont les panneaux in-

3f. **avoir beau faire qc:** etwas noch so sehr/oft tun können, etwas vergeblich tun.
4 **s'apercevoir de qc:** etwas bemerken.
à peine (loc. adv.): kaum.
5 **dès que:** sobald, sowie.
7 **d'un seul coup** (loc. adv.): mit einem Mal, auf einen Schlag.
8 **le bord:** hier: Ufer.
9 **longer qc:** an etwas entlanglaufen, -führen.
abrité, e: (wind)geschützt.
12 **basculer:** umkippen.
14f. **le panneau indicateur:** Hinweisschild, -tafel (*indicateur, -trice:* anzeigend, Hinweis…).

dicateurs qui transforment tout. Oui, les panneaux métalliques sagement plantés sur le bas-côté ont un pouvoir étrange. Au premier croisement, l'un d'eux indique «Rijsel», dans la direction que l'on quitte.

– Qu'est-ce que c'est, «Rijsel»?

Et là, c'est incroyable: on vous dit que «Rijsel», en fait, c'est «Lille». Oui, «Lille», ce nom tellement français qui fait surgir aussitôt des images familières à la fois chaudes et sombres, l'image d'une rivière, du charbon, et d'un café plein de lumière et de fumée.

Mais «Rijsel» ne peut pas vraiment être «Lille». C'est forcément autre chose, une autre façon de vivre dans les villes, et même une autre ville. «Rijsel», c'est à la fois plus fruité et plus rugueux que «Lille», c'est beaucoup mieux, beaucoup plus fort, puisque c'est différent, que c'est ailleurs.

Peu à peu, on s'habitue aux panneaux bleu et

2 **le bas-côté:** Straßenrand, Seitenstreifen.
3 **le croisement:** Kreuzen; Kreuzung.
9 **surgir:** auftauchen.
9f. **familier, -ière:** vertraut, bekannt.
10 **sombre:** dunkel.
11 **le charbon:** Kohle.
14 **forcément:** zwangsläufig, notwendigerweise.
16 **fruité, e:** fruchtig.
rugueux, -euse: rau, uneben.

blanc de l'autre vie. Mais il reste quand même, au-delà des couleurs, un petit écart dans le mot lui-même, et c'est ça qui fait tout le mystère du voyage. On devait aller à Bruges et à Ostende. En fait, on va à «Brugge» et à «Oostende». «Brugge», c'est beaucoup plus dur que «Bruges», et «Oostende», c'est beaucoup plus au nord qu' «Ostende», c'est beaucoup plus un port très froid où une rafale de vent peut vous précipiter dans la mer. Pour Bruges, on préfère le nom français, parce que la brume est douce, le long des canaux. Mais à «Oostende», on picore dans de petites assiettes de poisson au goût belge très fumé, tout en marchant le long de la mer. Avec un billet belge qui a beaucoup plus de pouvoir et beaucoup plus de francs qu'un billet français, on loue un petit cha-

2 **au-delà de** (loc. prép.): jenseits von, über … hinaus.
un écart: Abstand, Unterschied.
3 **le mystère:** Geheimnis.
9 **la rafale:** Böe, Windstoß.
précipiter: hinab-, hinunterstürzen.
11 **la brume:** Dunst; hier: Nebel.
le long de (loc. prép.): längs, entlang von.
12 **picorer:** picken, herumstochern.
13 **fumé, e:** rauchig, geräuchert.
14 **un billet belge … un billet français:** vor der Einführung des Euro hieß die Währung beider Länder *franc*.
15 **le pouvoir:** hier: Wert, Kaufkraft.
16f. **le chariot:** Wagen, Karren.

riot à pédales particulièrement belge. On s'éloigne un peu des parents, seul devant la mer, dans un pays si différent! C'est magique, de franchir la frontière.

1 **particulièrement:** besonders.
s'éloigner: sich entfernen.
3 **franchir:** überschreiten, überqueren.

C'est bien de s'asseoir dans l'herbe, à la fin d'un match de foot

C'est le début du printemps, il fait beau, on a très chaud, mais l'herbe est fraîche, et la terre presque humide, en dessous. On a gagné, ou perdu, mais cela ne compte plus vraiment. Ce qui compte, c'est juste ces cinq minutes. On a couru plus d'une heure dans tous les sens après ce ballon qui n'en finissait plus de s'échapper. Maintenant, c'est la récompense. L'arbitre est rentré aux vestiaires depuis longtemps, et la plupart des joueurs sont déjà en train de prendre leur douche. L'entraîneur a lancé:

– Ne restez pas comme ça, les gars, vous allez prendre froid!

On a répondu qu'on arrivait, mais on reste là, à

5 **en dessous** (loc. prép.): darunter.
8 **le sens:** hier: Richtung.
9 **s'échapper:** entkommen.
9f. **la récompense:** Belohnung.
10 **un arbitre:** Schiedsrichter.
le vestiaire: Garderobe, Umkleideraum.
12 **un entraîneur:** Trainer.
lancer: hier: rufen.
13 **le gars** (fam.): Junge.
14 **prendre froid:** sich erkälten.

deux ou trois, sans se parler. On ne pense vraiment à rien. Le terrain est beau, à cet instant. Assis juste à côté du poteau de corner, on pose le pied sur la ligne blanche. Ce n'est plus une limite pour dire si la balle est sortie ou pas, mais presque un paysage, avec des bosses, des collines blanches qui s'effritent sous les crampons.

Il y a un ballon juste à côté. Toujours assis, on le récupère du bout du pied et on se le passe deux ou trois fois, machinalement, mais bientôt on s'arrête. On n'a plus envie de jouer. Au-delà du grillage, là-bas, il y a la forêt, avec ces feuilles vertes qui commencent, toutes fraîches, presque transparentes.

Avant, on n'avait même pas remarqué que le stade était situé au milieu d'une forêt. Mais maintenant on regarde le soleil qui descend, à travers le

2 **un instant:** Augenblick.
3 **le poteau:** Pfosten, Pfahl.
le corner (angl.): Ecke (Fußball).
4 **la limite:** Grenze, Grenzlinie.
6 **la bosse:** leichte Erhebung, Buckel.
la colline: Hügel.
6f. **s'effriter:** verwittern, abbröckeln.
7 **le crampon:** Stollen (Sportschuhe).
9 **récupérer:** wiederbekommen, zurückholen.
11 **au-delà de** (loc. prép.): jenseits von.
le grillage: Gitter, Zaun.
15 **le stade:** Stadion.

filet noir un peu rêche des buts, plus loin à travers le grillage, à travers les branches neuves de la forêt. Il y a quelques exclamations, très près, très loin, des copains qui s'éclaboussent dans la douche.

On ne voudrait plus bouger. Il y aurait une forêt immense qui vous encerclerait, un terrain de foot au milieu, et puis c'est tout. C'est comme si on avait joué au foot juste pour ce moment-là. Pourvu qu'elle ne résonne pas tout de suite, la petite phrase inévitable:

– Eh! les gars, faut vous magner un peu, vous allez louper l'car!

C'est bien, juste la fin des cinq minutes, quand l'entraîneur n'a pas encore crié.

1 **le filet:** Netz.
rêche: rau, hart.
à travers (loc. adv.): durch (etwas) hindurch.
3 **une exclamation:** Ausruf.
4 **s'éclabousser:** sich bespritzen, sich vollspritzen.
6 **encercler:** einschließen, einkreisen, umgeben.
8 f. **pourvu que** (+ subj.): vorausgesetzt, dass; wenn doch nur.
9 **résonner:** ertönen.
10 **inévitable:** unvermeidlich.
11 **se magner** (fam.): sich beeilen.
12 **louper** (fam.): verpfuschen; hier: verpassen.

C’est bien, la première fois qu’on joue au bowling

Le bowling, on ne savait pas trop ce que c’était; on imaginait un endroit un peu louche, comme un casino, des jeux presque défendus. Mais un jour, un copain vous dit:

– Le bowling, c’est super! Mon frère m’y a emmené l’autre soir. Si tu veux, mercredi prochain, on peut y aller ensemble, si tes parents sont d’accord.

Au début, les parents n’étaient pas très chauds, mais quand ils ont su que le bowling était dans le Jardin d’acclimatation, ils ont fini par se laisser faire.

Juste à côté du manège de chevaux, le bowling

4 **louche:** undurchsichtig, fragwürdig, anrüchig.
8 **l’autre soir** (loc. adv.): neulich abends.
mercredi: vgl. S. 11.
11 **chaud, e:** hier (fig.): begeistert.
13 **le Jardin d’acclimatation:** Zoo; hier: Name eines großen Zoos und Vergnügungsparks im Pariser Bois de Boulogne (*une acclimatation:* Eingewöhnen, Einleben).
13 f. **se laisser faire** (fam.): sich überreden lassen, sich ‚rumkriegen‘ lassen.
15 **le manège:** Reitbahn, auch: Karussell.

est comme une espèce de gymnase moderne, tout en vitres, et c'est très impressionnant, la première fois. Dans l'entrée, il n'y a pas beaucoup d'enfants, mais des vitrines avec des boules et des chaussures de champion, des coupes. On a l'impression qu'on ne saura jamais se comporter comme il faut. D'abord, il s'agit de choisir sa boule, sur un présentoir. On la prend pas trop lourde, avec les trous pour les doigts pas trop écartés. Ensuite, il faut descendre un escalier, et là, en bas, dans une petite salle, on vous fait changer de chaussures. Heureusement, c'est un jour où on n'a pas de trou à ses chaussettes. Les chaussures de bowling n'ont rien d'extraordinaire, sauf qu'elles sont très raides, et qu'on marche comme un canard en remontant l'escalier.

Et c'est là qu'on arrive dans la salle de bowling. On voudrait se faire tout petit, tellement on se sent déplacé. C'est immense: une dizaine de pistes

1 **le gymnase:** Turnhalle.
4 **la boule:** Kugel.
5 **la coupe:** hier: Pokal.
7f. **le présentoir:** (Verkaufs-)Ständer.
9 **écarté, e:** gespreizt, weit auseinanderstehend.
12 **le trou:** Loch.
14 **raide:** steif.
19 **déplacé, e:** fehl am Platz, fremd.
la dizaine: etwa zehn; ein Dutzend.
la piste: hier: Bahn.

en plancher blond avec au bout des quilles, bien sûr, et devant chaque piste une petite table, des fauteuils en plastique. Au-dessus, un écran électronique et le score de chaque joueur. Mais le plus gênant, c'est que derrière, au-dessus des pistes, il y a un bar avec des tabourets hauts: tous les gens qui prennent un pot sont tournés vers les joueurs de bowling. Si on n'était pas avec des copains, il y a longtemps qu'on serait reparti.

Au début du jeu, ça ne s'arrange pas beaucoup. D'abord, la boule est incroyablement lourde, et puis on ne sait pas bien comment pendre son élan. Si on marche, on a l'air stupide, et c'est très difficile de courir avec cette boule à la main. En plus, sur la piste à côté, il y a des joueurs très forts avec des tee-shirts de championnats de bowling. Tant pis, on y va. Et c'est la catastrophe. La boule part

1 **blond, e:** hier: hell, aus hellem Holz.
la quille: Kegel (beim Bowling: Pin).
4 **le score** (angl.): Spielstand.
5 **gênant, e:** hinderlich; unangenehm, peinlich.
au-dessus de (loc. prép.): oberhalb von, über.
6 **le tabouret:** Hocker.
7 **prendre un pot** (fam.): etwas trinken (gehen).
10 **ça ne s'arrange pas beaucoup** (fam.): das klappt nicht gerade gut.
12 **prendre son élan:** Anlauf nehmen, Schwung holen.
16 **le championnat:** Wettkampf, Meisterschaft.
16 f. **tant pis:** da kann man nichts machen, macht nichts.

directement dans la petite rigole, sur le côté, avec un grondement d'enfer – tout le monde doit vous regarder. La deuxième fois, c'est pareil, mais la boule est sortie un peu plus tard. On est d'autant plus énervé que les copains vous en veulent sûrement de ridiculiser tout le groupe – ils ne sont pas très à l'aise non plus. À la troisième boule, tout d'un coup, on arrive à renverser des quilles, et on ose enfin lever les yeux sur le tableau électronique. On commence à moins regarder les autres pistes. On se renseigne:

– C'est quoi, un spare? Et un strike?

À la fin de la partie, on en propose une autre, et même on commande trois Coca au bar, et on les rapporte sur la petite table, devant la piste. Mercredi prochain on va chez le dentiste, mais celui d'après on reviendra. C'est super, le bowling.

1 **la rigole:** Rinne (auf der Kegelbahn: Gasse).
2 **le grondement:** lautes, dumpfes Geräusch wie etwa Poltern, Grollen.
4f. **d'autant plus que** (loc. conj.): umso mehr als.
5 **en vouloir à qn de qc:** jdm. wegen etwas böse sein, jdm. etwas übel nehmen.
6 **ridiculiser:** bloßstellen, lächerlich machen.
6f. **être à l'aise:** sich wohl fühlen.
8 **renverser:** umstoßen, umwerfen.
12 **le spare / le strike** (angl.): Beim *spare* werden alle zehn Pins mit zwei Würfen abgeräumt, beim *strike* schon mit dem ersten Wurf.
15 **rapporter:** (zurück)bringen, mitbringen.

C'est bien, le jour où on joue la pièce de théâtre

D'abord, l'après-midi, au lieu d'aller en cours, on fait une répétition. Ça tombe bien: le vendredi, on a maths, biologie et géographie. En plus, avant la répétition, il faut installer la salle. Ça se passe dans le réfectoire: dès que les femmes de service ont balayé, après la cantine, on va chercher des estrades dans les salles de classe.

– Pardon madame, est-ce que nous pouvons vous enlever votre estrade? C'est pour le théâtre.

Les professeurs sont d'accord, et ils vous font même un sourire; mais les élèves qui ont cours vous regardent d'un air envieux. Une fois qu'on a enlevé l'estrade, les professeurs sourient un peu moins – en dessous, il y a beaucoup de poussière,

3 **au lieu de** (loc. prép.): anstatt.
4 **ça tombe bien:** das trifft sich gut.
7 **le réfectoire:** Speisesaal.
dès que: sobald, sowie.
la femme de service: hier: Angestellte der Schulkantine.
8 **une estrade:** Podium, Podest.
14 **un air:** hier: Miene.
envieux, -euse: neidisch.
16 **en dessous** (loc. prép.): darunter.

et toutes sortes de papiers. On rapporte les éléments d'estrade à la cantine:

– Tu veux que je t'aide?

– Non, ça va, je peux la porter tout seul.

Pendant ce temps-là, d'autres membres du club théâtre punaisent de grandes toiles noires autour des vitres – les soirs de juin, il fait nuit bien après vingt et une heures. Certains installent les décors qu'on a peints au cours de dessin. Il y a aussi un élève qui ne fait pas partie de la pièce mais qui a le droit de venir parce qu'il a apporté les spots multicolores – c'est lui qui fait toujours des boums chez lui, le samedi. Tout le monde s'agite dans tous les sens, et l'atmosphère du collège est complètement changée – le principal adjoint est déjà passé deux fois pour dire de faire moins de bruit dans les couloirs.

Et puis c'est la répétition générale.

– On joue en costume, madame?

– Non, non, il y en a parmi vous qui doivent

1 **rapporter:** (zurück)bringen, mitbringen.
6 **punaiser:** mit Reißzwecken *(la punaise)* befestigen.
la toile: Leinen; Leinwand; hier: Stoff(stück).
8 **le décor:** Ausstattung, Dekoration; hier: Kulisse.
11 f. **multicolore:** bunt.
12 **la boum** (fam.): Fete.
13 **s'agiter:** sich bewegen; hier: hin und her laufen.
13 f. **le sens:** hier: Richtung.
15 **le principal adjoint:** stellvertretender Schulleiter.

prendre le car de ramassage. Si vous vous changez, on n'aura pas le temps.

La répétition se passe plutôt mal: pour entrer en scène, ça ne fait pas du tout comme quand on répétait en classe. En plus, il y a les femmes de service qui passent la tête dans l'entrebâillement de la porte pour regarder en riant. La prof n'a pas l'air trop désolée – pourtant, elle était plutôt nerveuse, depuis deux semaines.

– Mais non, ne vous en faites pas! Chaque fois que la répétition est mauvaise, le spectacle est bon.

On voudrait bien la croire, mais on a de plus en plus peur. Ce soir, il y aura toute la famille dans la salle, et si on a un trou de mémoire … Déjà la sonnerie de cinq heures! Certains partent prendre leur car. Les autres, on reste avec la prof. Et là, c'est bien de rester seuls dans le collège vide. On dis-

1 **le car de ramassage:** Schulbus (*le ramassage:* Einsammeln, Auflesen).
se changer: sich umziehen.
3f. **entrer en scène:** auftreten, seinen Auftritt haben (*la scène:* Bühne).
6 **un entrebâillement:** Spalt.
7 **avoir l'air:** scheinen.
8 **désolé, e:** betrübt.
10 **ne pas s'en faire de qc:** sich wegen etwas keine Sorgen machen.
11 **le spectacle:** Aufführung.
14 **le trou de mémoire** (f.): Gedächtnislücke (*le trou:* Loch).
14f. **la sonnerie:** Gong, Klingel.

cute avec la prof comme on ne l'a jamais fait pendant les cours. Elle parle des chanteurs, des acteurs.

Il y a même un élève qui lui demande son prénom, et le plus étonnant, c'est qu'elle répond. Mais le mieux, c'est qu'on pique-nique ensemble. La bouche pleine, on répète des petits bouts de scène.

– J'ai vu tes parents qui arrivent!

– C'est pas vrai? Déjà!

On va se cacher dans les coulisses. D'autres profs arrivent pour aider au maquillage, et aussi d'anciennes élèves du club théâtre. On vous fait de grandes moustaches noires avec un bouchon brûlé. On a l'impression qu'on ne sait plus rien du texte. En même temps, on ne donnerait sa place pour rien au monde. Il paraît que la salle est pleine. Il paraît que le maire est là! Mon Dieu, les trois coups, on est mort! Mais on avance quand même vers les spots éblouissants. Le théâtre, c'est génial.

6 **pique-niquer:** picknicken, eine improvisierte Mahlzeit einnehmen.
7 **le bout:** hier: Stück.
11 **le maquillage:** Schminke; Schminken.
13 **la moustache:** (Oberlippen-)Bart.
le bouchon: Korken.
brûlé, e: verbrannt, angebrannt.
17f. **les trois coups** (m.): hier: die Gongschläge, die den Beginn des Stücks ankündigen.
19 **éblouissant, e:** blendend.

C'est bien, le jour où il pleut, pendant les vacances à la mer

Tout le mois a été brûlant. Cela paraissait normal de voir le ciel toujours bleu en entrouvrant les volets, sans laisser rentrer la chaleur. Les premiers jours, on avait même du mal à dormir à cause des coups de soleil. La baignade deux fois par jour, c'était bien, et les parties de raquettes avec la petite balle lourde, à cause du vent – on traçait les limites d'un terrain avec le talon sur le sable mouillé, pour pouvoir compter les points. Ce qui était bien aussi, c'était le rythme différent: on déjeunait et l'on dînait beaucoup plus tard que d'habitude.

4 **entrouvrir:** halb öffnen, einen Spalt breit aufmachen.
4 f. **le volet:** Fensterladen; hier: Flügel des Fensterladens.
7 **le coup de soleil** (m.): Sonnenbrand.
la baignade: Baden, Badeplatz.
8 **la raquette:** (Tennis-, Tischtennis-)Schläger.
9 f. **tracer la limite:** eine Grenze, Begrenzung ziehen.
10 **le terrain:** Gelände; hier: Spielfeld.
le talon: Ferse; hier: Absatz (Schuh).
10 f. **mouillé, e:** nass, feucht.
13 **d'habitude** (loc. adv.): gewöhnlich, sonst (*une habitude:* Gewohnheit).

La nuit tombée, on allait marcher à la fraîche et, en revenant, on achetait un chichi – une espèce de beignet allongé avec des petits dessins. Un soir, on a même joué au golf miniature à la lumière des projecteurs, et on n'était pas mauvais par rapport au parcours idéal, bogey: 48. Bogey: on croyait que c'était le nom d'un joueur très fort, et Papa a eu beau expliquer, après on continuait à dire:

– J'ai fait mieux que Bogey.

Toute cette vie différente semblait extraordinaire, au début. Et puis c'est devenu plus monotone. On repensait à une copine, à un copain. On ne s'ennuyait pas, évidemment, mais on rêvait à la rentrée, à sa chambre.

1 **la nuit tombée** (loc. adv.): nach Einbruch der Dunkelheit.
marcher à la fraîche: nach draußen gehen, an die frische Luft gehen.
2 **le chichi:** in Fett ausgebackenes Gebäck (auch: *le churro*), oft auf Jahrmärkten zu kaufen.
3 **le beignet:** Krapfen.
allongé, e: länglich.
5 **le projecteur:** Scheinwerfer.
5 f. **par rapport à** (loc. prép.): im Vergleich zu, gemessen an.
6 **le parcours:** Strecke, Runde (Sport).
bogey: Begriff aus dem Golfspiel: ein Schlag über »Par«, also über der idealen Anzahl von Schlägen für ein Loch.
7 f. **avoir beau faire qc:** etwas noch so sehr/oft tun können, etwas vergeblich tun.
13 **rêver à qc:** über etwas nachdenken.
13 f. **la rentrée:** Rückkehr; hier: Wiederbeginn des Unterrichts nach den Sommerferien.

Ce matin, justement, on n'avait plus tellement envie de baignade, et voilà. Il fait gris, et une petite pluie tombe sur les toits des locations. La terre sent bon, et les pins encore plus fort que d'habitude. Le chocolat bouillant paraît meilleur aussi. On le boit vite, et avant de sortir on enfile le pull bleu, le seul qu'on avait emporté. Maman crie de prendre le K-way, mais il ne pleut pas très fort. Dans les rues, il n'y a presque plus personne. Avant, c'était juste un endroit pour l'été, et aujourd'hui c'est un vrai village avec l'église, l'école, et on imagine: ça doit être bien, l'hiver, quand les touristes sont partis.

Mais le mieux, c'est d'aller au bord de la mer. Cela fait drôle de grimper la dune sous un ciel plein de nuages. Dans le sable, les chardons sont presque mauves. Quand on arrive en haut, on ne reconnaît plus rien. Plus de drapeaux plantés pour

3 **la location:** hier: (gemietete) Ferienwohnung.
4 **le pin:** Kiefer.
5 **bouillant, e:** kochend; (kochend) heiß.
6 **enfiler:** auffädeln; hier: anziehen, überstreifen.
8 **le K-way:** Regenjacke (nach dem Namen des Herstellers).
15 **cela fait drôle** (fam.): es kommt einem komisch vor.
grimper qc: auf etwas (hinauf)klettern, etwas besteigen, erklimmen.
16 **le chardon:** Distel.
17 **mauve:** zartlila.

délimiter la baignade du village, et plus loin celle du camping. La plage est déserte. Quelques petites silhouettes de promeneurs au loin. C'est bien, tout cet espace, tout ce gris. C'est comme une tristesse très douce, très légère, comme si on était un peu amoureux. On va s'asseoir en tailleur devant la mer sans penser à rien de précis, sans bouger, sans rien faire. C'est drôle, les gouttes qui tombent sur les jambes bronzées. Et si le soleil ne revenait plus jamais? C'est bien, la pluie.

1 **délimiter:** begrenzen.
2 **désert, e:** verlassen, menschenleer.
3 **le promeneur / la promeneuse:** Spaziergänger(in).
6 **s'asseoir en tailleur:** sich im Schneidersitz hinsetzen (*le tailleur:* Schneider).
9 **bronzé, e:** gebräunt (Haut).

Editorische Notiz

Der französische Text folgt der Ausgabe: Philippe Delerm, *C'est bien*, Toulouse: Éditions Milan, 2001. Das Glossar enthält alle Wörter, die im *Thematischen Grund- und Aufbauwortschatz Französisch* (Stuttgart: Klett, 2000) nicht zum Grundwortschatz gehören. Die einzelnen Geschichten sind unabhängig voneinander glossiert, so dass jede für sich gelesen werden kann.

Im Glossar verwendete französische Abkürzungen

adv.	adverbe
angl.	anglicisme
enf.	langage enfantin (Kindersprache)
f.	féminin
fam.	familier (umgangssprachlich)
fig.	sens figuré (übertragen)
hist.	historique
inf.	infinitif
litt.	littéraire (literarisch, gehoben)
loc. adj.	locution adjective (als Adjektiv gebrauchte Wendung)
loc. adv.	locution adverbiale (als Adverb gebrauchte Wendung)
loc. conj.	locution conjonctive (als Konjunktion gebrauchte Wendung)
loc. prép.	locution prépositive (als Präposition gebrauchte Wendung)

m.	masculin
prép.	préposition
qc	quelque chose
qn	quelqu'un
subj.	subjonctif

Nachwort

Der Autor

Philippe Delerm wurde 1950 geboren. Beide Eltern waren Lehrer. In seiner Kindheit, die er als sehr glücklich bezeichnet, vermittelten sie ihm die Freude am Lesen und Schreiben, am Beobachten und Weitergeben, aber auch an Sport, Natur und Malerei. Diese Aspekte prägen seither sein Leben. Er wurde selbst Lehrer und behielt diesen Beruf auch bei, als sein literarischer Erfolg stetig wuchs. Als Motivation zum Schreiben nennt er Dankbarkeit: etwas geben, weil man viel bekommen hat. Seine Bücher vermitteln die Erkenntnis, dass alles im Leben seinen Wert hat und bereichernd sein kann – ein literarisches Erlebnis ist nicht an sich wertvoller als etwa ein sportliches. So ist auch sein Leben nicht nur durch Unterricht und Literatur, sondern auch einen Theaterklub, einen Sportverein (in dem er als Trainer tätig ist) und die Natur seiner ländlichen Umgebung geprägt.

Seine Frau Martine ist wie er Lehrerin und Künstlerin. Sie verfasst und illustriert Kinderbücher und ist eine bekannte Fotografin. Philippe Delerm hat bei mehreren Büchern mit ihr zusammengearbeitet. Auch mit seiner Mutter Marthe Delerm hat er ein Buch herausgegeben (*Le Miroir de ma mère*), in dem er ihre in Tagebüchern notierten Kindheitserinnerungen in literarische Form gebracht hat. Auch dies entspricht seinem Anliegen: Kinder müssen liebevoll beobachtet werden. Was ihr Leben bereichert und die Bereicherung, die sie selbst darstellen, ist es wert, bewahrt zu werden. Grundsätzlich sieht Philippe Delerm es als Aufgabe, das Leben auf verborgene oder vergessene Schätze zu untersuchen und die Aufmerksamkeit (des Schülers oder Lesers) darauf zu lenken.

Der 1976 geborene Sohn Vincent ist Sänger, Liederschreiber und Komponist und hat zuletzt auch mit einem in Paris aufgeführten Theaterstück Erfolg gehabt.

Dass Philippe Delerm heute einer der erfolgreichsten Schriftsteller Frankreichs ist, war nicht abzusehen, als er 1976 seine ersten Manuskripte einreichte. Erst 1983 wurde sein Roman *La cinquième saison* publiziert, mit dem er öffentliches Interesse weckte. Der große und seither stetig ansteigende Erfolg kam jedoch erst 1997 mit *La première gorgée de bière et autres plaisirs minuscules.* Die Literaturkritik überschlug sich, der TV-Literaturpapst Bernard Pivot war des Lobes voll, Leser gaben das Buch als Geheimtipp weiter: »Auch wenn du sonst nicht viel liest, das musst du lesen, das trifft's genau!«

Was geben diese kurzen Texte so treffend wieder? Genau das, was der Titel ankündigt: das Bedürfnis der Menschen, die kleinen Freuden des Lebens wiederzufinden, geleitet von einem, der genau beobachtet und liebevoll wahrnimmt. Delerm schafft es, dass der Leser sich erinnert und wirklich begreift, wie viele Glücksmomente ein Leben hat. Sie kommen nur manchmal in banalem Gewand daher: der erste Schluck Bier nach einer Anstrengung; der Spätsommertag, an dem man beschließt, doch noch einmal auf der Terrasse zu essen; das intensive Gespräch, welches sich ergibt, während man bei Freunden in der Küche sitzt und beim Gemüseputzen hilft.

Wie literarischer Erfolg funktioniert und wann er sich einstellt, bleibt bei Philippe Delerm ein Geheimnis. Der Autor hatte nämlich schon vor *La première gorgée de bière* gezeigt, dass er ein Meister der Alltagspoesie und der kleinen Form ist. *C'est bien*, 1991 veröffentlicht, beweist, wenn auch für Kinder geschrieben, bereits dieselbe Meisterschaft. Schon 1986 zeigt die Sammlung *Le Bonheur. Tableaux et bavardages* in Form und Inhalt all das, was mit *La première gorgée de bière* in der öffentlichen Wahrnehmung als neue Kunstform erschien. Wenn Kritiker nach Vorläufern suchen, werden hochrangige Namen genannt: Delerms Beobachtungsgabe wird mit Tschechow verglichen und es fehlt auch selten der Hinweis auf Prousts »Madeleine«, das Alltagsgebäck, das sinnliche Welten öffnet.

Von Delerm folgten noch mehrere Sammlungen dieser kurzen Alltagsbeobachtungen: Im Jahr 1998 veröffentlichte er *Il avait plu tout le dimanche*, 2001 *La sieste assassinée* und 2004 *Enregistrements pirates*. Darin variiert der Autor die Perspektive, indem er nicht sich selbst beobachtet, sondern fremde Menschen, über deren Gefühle er Vermutungen anstellt.

Philippe Delerm wird zwar meistens mit dem Genre der kleinen Form, der Alltagsphilosophie, der Suche nach Glück identifiziert. Jedoch werden dank seiner Bekanntheit inzwischen auch seine Romane geschätzt. In *Sundborn ou les jours de lumière* (1996) taucht er in die Welt der skandinavischen Maler ein, denen er sich sehr verbunden fühlt. 2006 erschien ein Buch über den französischen Schriftsteller Paul Léautaud, der als zynischer Misanthrop gilt (was auf den ersten Blick gar nicht zu dem Lebensliebhaber Delerm zu passen scheint). Darin nähert sich Delerm mit viel Ironie und respektvoller Distanz einem schwierigen und wenig sympathischen Menschen. Spätestens jetzt ist deutlich: Der Autor Philippe Delerm ist mehr als ein freundlicher Beobachter des kleinen Alltagsglücks.

C'est bien de découvrir Philippe Delerm!

Zu den Texten

Die Geschichten sind präzise Beobachtungen und Wiedergaben kleiner, alltäglicher Freuden. Darin gleichen sie der für Erwachsene gedachten Sammlung *La première gorgée de bière et autres plaisirs minuscules*, die Delerms Erfolg auslöste. Auch inhaltlich finden sich Ähnlichkeiten zwischen beiden Büchern, zum Beispiel die Schilderung des guten Gefühls, vor allen anderen aufzustehen und die Veränderung der Umwelt am frühen Morgen zu entdecken. Auch das Gefühl der Geborgenheit im warmen Auto bei einer nächtlichen Fahrt ist für Erwachsene wie Kinder nachvollziehbar. Andere Situationen sind für Erwachsene nur Erinnerung, so die Aufregung beim

Aussuchen der Süßigkeiten, die man für ein kleines Taschengeld erwerben kann. Delerm bildet auch da die kindliche Perspektive glaubhaft ab. Er stellt die Situation in einfacher Weise dar und benennt genau, warum sie das Prädikat »C'est bien« verdient.

Die Texte sind subtiler, als es auf den ersten Blick erscheinen mag. Manches liegt sehr nahe, der Reiz des Erlebnisses erschließt sich schon in der Überschrift: In einem Fast-Food-Restaurant zu essen, ist natürlich ein Riesenspaß für Kinder. Delerm zeigt aber, dass ein großer Teil des Vergnügens darin besteht, genau das zu tun, wogegen die Eltern Vorbehalte haben. Dem Kind ist es sogar wichtig, dass die Eltern gewisse Dinge verabscheuen. Hier weist Delerm auf die Erkenntnis hin, dass Kinder nicht grundsätzlich alles mit den Eltern teilen wollen, weder die Erlebnisse noch deren Bewertung, sondern ein Bedürfnis nach deutlicher Abgrenzung haben.

Die Geschichte »C'est bien, quand on vient d'annoncer une mauvaise note« ähnelt einem psychologischen Lehrtext. Die Qualen vor der Beichte der schlechten Note überschatten das ganze Leben, ja, es findet kein Leben mehr statt. Die Schilderung der Erlösung wirkt dagegen fast banal. In der wiedererlangten Lebensfreude ist die Mahnung noch sichtbar: Gleiches wird immer wieder geschehen, wenn du schuldig wirst, und immer wieder wird dir verziehen werden. Das hat etwas Tröstliches im religiösen Sinn.

Delerm benutzt eine einfache Sprache, die aber nicht eigentlich kindlich ist, schon gar nicht betulich.

Es gibt ganz wenige Ausdrücke, die wirklich ein Kind als Sprecher verraten, so zum Beispiel die Benennung der Mutter als »maman«. Die Vermutung eines kindlichen Sprechers wird durch den Kontext geschaffen: Das Licht des Radioweckers wird als tröstlich empfunden, über dem Bett hängt ein Droopy-Poster, die Lehrerin nach ihrem Vornamen zu fragen, gilt als gewagt, und eine Antwort zu bekommen als Sensation.

Delerm versucht nicht vorzuspiegeln, dass in den Geschichten wirklich ein Kind spreche. Der Text »C'est bien l'autoroute la nuit« endet mit einem sehr philosophischen Satz, der Stoff für tiefsinnige Analysen bietet: »... et puis s'abandonner très fort en redoutant d'avance le silence immobile qui vous réveillera là-bas, très loin, de l'autre côté de la nuit«. Es ist schwer vorstellbar, dass ein Kind so formuliert, Delerm stellt jedoch glaubhaft dar, dass es so empfindet.

Die geschilderten Glücksmomente haben also allgemeine Gültigkeit. Das zeigt sich auch darin, dass der angenommene kindliche Sprecher nur in manchen Situationen als eher männlich festzumachen ist, wie etwa beim Fußball oder Flipper. Sonst bleibt die Person geschlechts- und altersneutral, je nach Situation könnte ein sechsjähriges Mädchen (»C'est bien d'acheter des bonbons chez la boulangère«) oder ein zehn-, vielleicht zwölfjähriger Junge Protagonist sein (»C'est bien, la première fois qu'on joue au bowling«).

Das Fehlen jeglicher Namen und natürlich die grundsätzliche Verwendung der 3. Person mit dem

Pronomen »on« verstärken diesen Eindruck. »On« hat aber neben seiner Funktion der Verallgemeinerung umgangssprachlich auch die Bedeutung von »nous«. So kommt durch die Hintertür das Subjekt zurück, welches in den Inhalten selbst nicht festzumachen ist. In jeder Geschichte spricht ja ein »je« und redet ein »tu« an: »Ist es nicht so? Das kennst du doch auch? Du teilst doch meine Gefühle?« Diese Einbeziehung des – nicht nur jugendlichen – Lesers macht den Zauber der Geschichten aus.

Anregungen zur Verwendung im Unterricht

Die Texte sind leicht genug, um sie als erste Lektüre schon im 2. Lernjahr einzusetzen. Der französische Verlag empfiehlt sie für ein Alter »dès 9 à 10 ans«. Das ist allerdings für Französischlernende nicht wichtig, da die Schilderungen nicht altersgebunden sind.

Abschnitte aus den Texten können mit Lehrbuchtexten gleichen Themas kombiniert werden: »être malade«, »faire du sport«, »aller manger«, »quel temps fait-il« sind solche Bereiche, die in allen Lehrwerken vorkommen.

Für ältere Lernende sind die Geschichten ebenso geeignet. Texte zu lesen, denen sie altersmäßig schon entwachsen sind, macht SchülerInnen oft besonders viel Spaß. Die Lektüre muss nicht unbedingt vom Lehrer geleitet werden, da die sprachliche Erfassung ohne größere Frustrationen stattfinden kann. So ist viel freieres, auch kreatives Arbeiten möglich.

SchülerInnen können:

- eigene Erinnerungen erzählen;
- in eigenen »C'est bien«-Geschichten erwachsene Freuden schildern;
- aus den Geschichten Sketche oder Rollenspiele machen;
- sie illustrieren oder kommentieren;
- ein Wörterbuch der Gefühle mit Nomen und den dazugehörigen Adjektiven und Verben anlegen;
- Gefühle definieren, beschreiben und voneinander abgrenzen: Aufregung, Freude, Angst, Beklommenheit, Geborgenheit;
- anhand der Geschichte um das Spiel Monopoly die genannten Namen im Pariser Stadtplan heraussuchen, sich über das Viertel informieren und die Ergebnisse dem Rest der Lerngruppe vorstellen;
- die Unterschiede zwischen französischem und deutschem Alltag heraussuchen und kommentieren (Nachmittagsunterricht, Essen in der Kantine, Öffnungszeiten der Geschäfte).

Auch sprachliche Arbeit bietet sich an:

- die gängigsten (zum Teil umgangssprachlichen) Formulierungen heraussuchen und ein kleines Wörterbuch erstellen lassen (»c'est super«, »les parents n'étaient pas très chauds«, »ils ont fini par se laisser faire«);
- den Gebrauch der 3. Person mit »on« analysieren lassen, darauf hinweisen, dass »on« immer Subjekt ist und den daraus folgenden Einsatz von »vous« erklären;

– am Schluss des Textes »C'est bien de s'asseoir dans l'herbe, à la fin d'un match de foot« kann anhand des Satzes »Il y aurait une forêt immense …« die Funktion des »conditionnel« als Modus für Vorgestelltes wiederholt und auf den deutschen Gebrauch des irrealen Konjunktivs bei Kinderspielen verwiesen werden: »Ich wär jetzt die Mutter und du wärst das Kind …« Es bietet sich an, hier die Verwendung des »conditionnel« zur Kennzeichnung von Gerüchten einzuführen.

C'est bien de travailler avec ces textes!

Roswitha Guizetti

Inhalt

Französische Fremdsprachentexte

IN RECLAMS UNIVERSAL-BIBLIOTHEK

Erzählungen

Marcel Aymé: Le Passe-muraille et autres nouvelles. 88 S. UB 9179

Le Passe-muraille – Le Proverbe – Les Clochards

Boileau/Narcejac: Le Fusil à flèches. Contes policiers. 85 S. UB 9269

Remords – Le Corbeau – Un Coupable – Une Femme de tête – Le Fusil à flèches

Albert Camus: L'Hôte / Le Premier Homme. Extraits d'un roman inachevé. 164 S. UB 9041

Contes d'amour. 159 S. UB 9014

Émile Zola – Guy de Maupassant – Henri Barbusse – Jean Giraudoux – André Maurois – Paul Morand – Marcel Aymé – Jacques Sternberg – Christine Arnothy – Georges-Olivier Châteaureynaud – Jean-Paul Dubois

Contes provençaux. 152 S. UB 9052

Joseph Roumanille – Frédéric Mistral – Alphonse Daudet – Henri Bosco – Jean Giono – Emmanuelle de Marande

Conteurs du Maghreb. 159 S. UB 9036

Azouz Begag – Tahar Ben Jelloun – Rachid Mimouni – Mohammed Dib – Assia Djebar

Conteurs français du XXe siècle. 192 S. UB 9046

Jules Renard – Sidonie-Gabrielle Colette – André Maurois – Jean Giono – Julien Green – Marcel Aymé – Nathalie Sarraute – Marguerite Yourcenar – Albert Camus – Marguerite Duras – Boris Vian – Michel Tournier – Françoise Sagan – J. M. G. Le Clézio – Jean-Paul Dubois

Conteurs franco-canadiens. 168 S. UB 9067

Félix Leclerc – Yves Thériault – Jacques Ferron – Roch Carrier – Suzanne Jacob – Micheline La France – Marilù Mallet – Jean-Yves Soucy – Monique Proulx – Louis Hamelin – Stanley Péan

Conteurs francophones noirs. 194 S. UB 9074

Myriam Warner-Vieyra – René Depestre – Joseph Zobel – Maryse Condé – Kitia Touré – Henri Lopes – Emmanuel Boundzéki Dongala – Jean-Luc Raharimanana – Ousmane Sembène

Maurice Druon: Tistou les pouces verts. 134 S. UB 9282

Les Écrivains à l'école. Récits et nouvelles. 184 S. UB 9115

Gustave Flaubert – Alphonse Daudet – Colette – Marcel Pagnol – Eugène Ionesco – Maurice Druon – Raymond Queneau – Albert Camus – Jean-Paul Sartre – Jacques Lanzmann – Marguerite Duras – Françoise Giroud – Daniel Pennac – Robert Bober – Pierre Ferran

Gustave Flaubert: Un Cœur simple. Conte. 91 S. UB 9200

Anna Gavalda: Je voudrais que quelqu'un m'attende quelque part. 255 S. UB 9105

Petites pratiques germanopratines – I. I. G. – Cet homme et cette femme – The Opel touch – Ambre – Permission – Le fait du jour – Catgut – Junior – Pendant des années – Clic-clac – Épilogue

Goscinny/Sempé: Le Petit Nicolas. Choix de textes. 75 S. 26 Ill. UB 9204

Le Football – Je fume – On a eu l'inspecteur – Les Carnets – C'est Papa qui décide – La Plage, c'est chouette – On est rentrés

Goscinny/Sempé: Histoires inédites du Petit Nicolas. 99 S. UB 19712

Les Invincibles – Souvenirs doux et frais – La quarantaine – La punition – Je suis le meilleur – Comme un grand – Le gros mot

Guy de Maupassant: Boule de suif. Nouvelle. 96 S. UB 9011

Guy de Maupassant: Mon oncle Jules et autres contes. 101 S. UB 19711

Mon oncle Jules – Garçon, un bock! … – Un parricide – Aux champs – Le Papa de Simon

Guy de Maupassant: Six contes. 138 S. UB 9037

Le Gueux – La Ficelle – La Parure – La Folle – L'Aventure de Walter Schnaffs – Le Horla

Guy de Maupassant: Le Vagabond – Coco. Textes et dossier. 96 S. UB 9116

Prosper Mérimée: Carmen. Nouvelle. 111 S. UB 9171

Nouvelles françaises contemporaines. 167 S. UB 9012

Paul Fournel – Jean-Paul Dubois – Christiane Baroche – Jean Cayrol – Danièle Sallenave – Michel Tournier – Jacques Sternberg – Georges-Olivier Châteaureynaud – Annie Saumont – Jean Vautrin

Paris des écrivains. Récits et nouvelles. 191 S. UB 9113

Louis-Sébastien Mercier – Nicolas-Edme Rétif de la Bretonne – Victor Hugo – Charles Baudelaire – Émile Zola – Léo Malet – Jacques Sternberg – Annie Ernaux – Didier Daeninckx – Jean Rolin – Jean-Bernard Pouy

Georges Simenon: L'Amoureux de Mme Maigret. 78 S. UB 9291

Michel Tournier: Contes et petites proses. 85 S. UB 9280

Amandine ou Les Deux Jardins – Pierrot ou Les Secrets de la nuit – Barbedor – Réponse – Les Fiancés de la plage – Le Fantôme d'Arles – De Jérusalem à Nuremberg

Fred Vargas: Coule la Seine. Nouvelles policières. 192 S. UB 9136

Salut et liberté – La nuit des brutes – Cinq francs pièce

La Littérature française

Une anthologie

Herausgegeben von Karl Stoppel
368 S. UB 9086

Diese Textsammlung präsentiert vom ausgehenden Mittelalter bis zur Gegenwart die großen französischen Autoren in prägnanten Auszügen aus Romanen, Memorien, Erzählungen, Essays, in charakteristischen Dramenszenen, in Aphorismen, Chansons und Gedichten.

XVe / XVIe siecle

Villon – Rabelais – Du Bellay – Ronsard – Montaigne

XVIIe siècle

La Rochefoucauld – La Fontaine – Molière – Pascal – Madame de Sévigné – Racine – La Bruyère – Saint-Simon

XVIIIe siècle

Marivaux – Montesquieu – Voltaire – Rousseau – Diderot – Beaumarchais – Laclos – Mercier

XIXe siècle

Chateaubriand – Lamartine – Vigny – Hugo – Stendhal – Balzac – Nerval – Baudelaire – Flaubert – Verlaine – Rimbaud – Zola – Mallarmé – Maupassant – Jarry

XXe siècle

Proust – Valéry – Gide – Apollinaire – Desnos – Giraudoux – Saint-John Perse – Éluard – Saint-Exupéry – Prévert – Sartre – Anouilh – Camus – Ionesco – Robbe-Grillet – Tournier – Duras – Houellebecq

Philipp Reclam jun. Stuttgart